단두대에 대한 성찰 · 독일 친구에게 보내는 편지

알베르 카뮈 전집 **16**

단두대에 대한 성찰 · 독일 친구에게 보내는 편지

알베르 카뮈 지음 | 김화영 옮김

책세상

차례

해설

단두대에 대한 성찰

1914년 1차 세계대전이 일어나기 얼마 전에, 유난히도 몹쓸 범죄를 저지른 살인자가(그는 아이들을 포함하여 어느 농부 일가족을 살해했다) 알제에서 사형 선고를 받았다. 그는 농부였는데, 피가 거꾸로 서는 듯한 광기를 이기지 못하여 사람을 죽인데다가 피해자들의 물건을 훔치기까지 하여 죄과를 가중시켰다. 그 사건은 커다란 반향을 불러일으켰다. 그런 짐승 같은 인간에게는 참수형도 너무 가벼운 벌이라고 모두들 생각했다. 특히 아이들을 살해했다는 사실에 분노를 느낀 우리 아버지도 그런 의견이었다고 한다. 내가 아버지에 대해 알고 있는 것이 그리 많지는 않지만, 어쨌든 그중 하나는 그가 일생 처음으로 그 사형 집행을 참관하고자 했다는 것이다. 아버지는 한밤중에 일어나 시내 반대편 끝에 있는 처형장으로 갔다. 그곳에는 다른 많은 사람들이 몰려들어 있었다. 아버지는 그날 새벽에 당신이 본 것을 아무에게도 말하지 않았다. 그는 심하게 충격받은 얼굴로 바람처럼 돌아와 묻는 말에 아무 대답도 하지 않은 채 잠시 동안 자리에 누웠다가는 갑자기 속에 든 것을 토해내기 시작했다고 어머니가 전할 뿐이다. 아버지는 그럴듯한 대의명분 속에 감추어져 있던 현실의 참모습을 이제 막 발견한 것이었다. 그의 손에 참혹하게 살해된 아이들 생각보다는 사람들이 목을 자르기 위하여 이제 막 마룻바닥에 내동댕이쳐놓은 그 헐떡거리는 몸뚱이의 영상을 더 이상 지울 수가 없었던 것이다.

사형 집행이라는 의식은 너무나도 끔찍한 것이어서 단순하고 정직한 한 인간의 분노를 제압하기에 충분했고, 그가 백번 집행되어 마땅하다고 생각했던 형벌이 결국은 그의 속을 뒤집어 토하게 만든 것 이외에 달리 아무런 효과를 내지 못했음을 인정하지 않을 수 없다. 최고 재판소가 사법권으로 보호해주어야 할 성실한 인간에게서 고작 구토나 자아낸다고 할 때, 사법권의 기능이 당연히 사람 사는 세상에 보다 더한 평화와 질서를 가져다주는 데 있다고 주장하기는 어려울 것 같다. 오히려 사법권은 범죄 그 자체 못지않게 극악무도한 것이며, 그런 또 하나의 살인 행위는 사회 집단에 가해진 범죄를 보상해주기는커녕 첫 번째 오점에 또 하나의 오점을 보태고 만다는 사실이 명백해진다. 이 점이야말로 부인할 수 없는 진실이어서 그 어느 누구도 감히 사형의 의식에 대하여 내놓고 직접 이야기할 엄두를 내지 못하는 것이다. 집행 장면에 대해 이야기하는 것이 맡은 바 할 일인 관리들이나 기자들은 마치 사형 제도가 보여주는 도발적이면서도 수치스러운 면을 의식하기라도 한 듯 그것에 대하여 판에 박은 형식에 그치는 일종의 관례적인 언어를 구사했던 것이다. 그 결과 우리는 아침 식사 때 읽는 신문 한 귀퉁

이에서, 사형수가 '사회에 진 빚을 갚았다'거나 '죄과를 치렀다'거나 혹은 '다섯 시에 정의는 행해졌다'라고 보도된 것을 읽게 된다. 담당 관리들은 사형수를 '당사자'나 '수형자'로 취급하거나, C.A.M.[1]이라는 약어로 지칭한다. 법정 최고형인 사형에 대해서 사람들은 이를테면 목소리를 낮추어 쓰는 것이다. 지극히 문명화된 우리 사회에서는 어떤 병에 대하여 감히 내놓고 말하기 곤란해하는 것을 보면 그것이 중병이라는 것을 알아차릴 수 있다. 부르주아 가정에서는 오랫동안 맏딸의 가슴이 그저 좀 허하다거나 아버지가 모종의 '종양'으로 고생하고 있다는 정도로 말해왔다. 폐결핵과 암을 다소 수치스러운 병으로 생각하기 때문이었다. 아마 사형의 경우는 그보다 더할 것이다. 모두들 사형에 대해서는 애써 완곡한 표현을 써가며 에둘러 말하니 말이다. 암과 개인의 몸 사이의 관계는 사형 제도와 정치적 집단 사이의 관계와 똑같다. 아무도 암이 필요불가결한 것이라고 말하지는 않는다는 정도의 차이가 있을 뿐이다. 반대로 사람들은 하나같이 사형 제도란 유감스럽기는 하지만 불가결한 필요악이라고 거리낌 없이 말한다. 그리하여 사형이라는 살인 제도가 정당화되는 것이다. 왜냐하면 그것은 필요불가결한 것이기 때문이다. 그리고 사람들은 사형에 대하여 말을 꺼내지 않으려고 한다. 왜냐하면 그것은 유감스러운 일이기 때문이다.

그와 반대로 나는 사형에 대해 내놓고 이야기할 작정이다. 이것은 내게 악취미가 있어서도 아니요, 천성적으로 병적인 면이 있어

---

1) (옮긴이주) C.A.M.은 codamné à mort(사형수)의 약어다.

서도 아니다. 작가로서 나는 언제나 모종의 안이한 자기 만족을 혐오해왔다. 그리고 한 인간으로서 나는 우리가 처한 조건이 비록 거부감을 자아내는 것이라 할지라도 그것이 불가피한 것이라면 그저 조용히 대처해야 한다고 생각한다. 그러나 침묵이나 언어상의 잔꾀가, 마땅히 고쳐져야 할 부당 행위나 해소될 수도 있는 불행을 계속 지탱시키는 데에 쓰일 경우, 언어라는 외투 속에 은폐되어 있는 추악성을 분명하게 말하여 드러내 보이는 길밖에는 다른 해결 방안이 없는 것이다. 프랑스는 불명예스럽게도 철의 장막 이쪽 편에 있는 나라들 중 스페인, 영국과 더불어 탄압의 도구로서 사형 제도를 지속시키고 있는 마지막 국가들 중 하나다.[2] 이 야만적인 제도가 아직까지도 없어지지 않고 우리나라에 존재하는 것은 오로지 여론의 무심 혹은 무지 때문이다. 여론이라는 것은 주입받은 판에 박은 말로써 반응하는 것이 고작이다. 상상력이 잠을 자게 되면 언어는 의미를 상실한다. 귀먹은 국민이 한 인간의 처형을 무심히 확인할 뿐인 것이다. 그러나 처형에 사용되는 기계를 보여주고 기계의 나무판과 쇳조각을 만져보게 하고 머리통이 잘려서 떨어지는 소리를 듣게 해보라. 그러면 문득 대중의 상상력은 깨어나서 그런 안이한 말과 동시에 그 같은 처형 제도를 거부하게 될 것이다.

나치는 폴란드에서 인질들을 공개 처형할 때 이들이 반항과 자유의 말을 외치지 못하도록 이들의 입을 붕대로 감고 석고를 칠하

---

2) (옮긴이주) 프랑스에서는 1982년에 사회당의 미테랑 정부가 들어서면서 사형 제도가 폐지되었다.

여 틀어막았다. 이 무고한 희생자들을 사형수들의 운명에 비긴다는 것은 파렴치한 일일 것이다. 그러나 우리나라에서도 단두대에서 처형당하는 사람이 비단 범죄자들뿐만이 아니며, 게다가 방법도 전혀 다르지 않다. 사실이 어떠한지를 검토해보기 전에는 그 정당성 여부를 단정할 수 없는 형벌의 문제를 우리는 조심스러운 말로써 은근슬쩍 얼버무리고 있다. 사형 제도는 꼭 필요하다고 먼저 말한 다음에 그것에 대해 왈가왈부하지 않는 것이 옳다고 할 것이 아니라, 거꾸로 사형이라는 것이 실제로 어떤 것인지를 말하고 나서 그러한 제도가 꼭 필요한지 아닌지를 따져보는 것이 옳을 것이다.

　나로 말하자면, 사형 제도가 무용할 뿐만 아니라 대단히 해롭다고 믿는다. 그러므로 이 문제 자체를 언급하기에 앞서 나의 이런 확신을 여기서 분명히 밝혀둘 필요가 있다. 내가 이 문제에 관하여 고작 몇 주일 동안 조사와 연구를 해보고 나서 이런 결론에 도달하게 되었다고 생각한다면 옳지 못하다. 한편 나의 이러한 확신을 그저 과장된 감상벽 탓으로만 돌린다면 그 역시 옳지 못하다. 오히려 나는 박애주의자들이 안이하게 빠져 드는 저 나약한 동정심과는 누구보다도 거리가 먼 사람이다. 그런 동정심에 휩쓸리다 보면 가치와 책임이 혼동되고 모든 범죄가 비슷비슷한 것으로 평준화되어 결국은 무고한 사람이 권익을 잃게 된다. 우리 시대의 수많은 저명 인사들과는 반대로 나는 인간이 천성적인 사회적 동물이라고는 생각하지 않는다. 솔직히 말하자면 나는 그 반대라고 믿는다. 그러나 이건 전혀 다른 이야기지만, 인간은 이제 사회의 테두리 밖에서는 살 수 없게 되었다고 생각한다. 인간이 육체적으로 살아가기 위해서는 사회의 법이 불가결하다. 따라서 온당하고 효율적인 척도에 따라 사회 자체에 의하여 책임의 체계가 세워져야 한다. 그러나 그 법은 그것이 어떤 주어진 장소와 시간의 사회에 끼치는 선(善)에서 최종적인 정당성을 얻게 된다. 수년 동안 나는 사형 제도에서 상상조차 할 수 없는 고통과 내 이성으로는 용납할 수 없는 우둔한 무질서밖에 볼 수 없었다. 그런데도 나는 상상력 때문에 내 판단력이 흐려졌는지도 모른다고 생각할 각오까지 되어 있었다. 그러나 실제로 이 몇 주일 동안 나의 신념은 굳어졌을 뿐 아무것도 내 생각을 바꾸어놓지 못했다. 오히려 내가 이미 가지고 있던 논거에 다른 논거들이 추가되었다. 사형 제도는 우리 사회를 더럽히고 있으며 사형 지지론자들은 이성으로써 그들의 입장을 정당화할 수 없다는 케스틀러Arthur Koestler의 신념에 나는 절대적으로 찬성한다. 나는 케스틀러의 결정적인 변론을 되풀이하지 않겠으며, 중복하여 여러 가지 사실들과 수치들을 모아서 제시하지도 않겠다. 그런 것들은 장 블로크 미셸Jean Bloch-Michel이 소개한 상세한 내용들 앞에서는 무용해진다. 나는 다만 케스틀러의 논리를 연장하여 그의 논리를, 그리고 사형 제도의 즉각적인 폐지를 위해 투쟁할 수 있는 논리를 발전시키고자 한다.

사형 지지론자들이 내세우는 가장 강력한 논거는 바로 일벌백계라는 본보기적 성격임을 우리는 익히 알고 있다. 죄인의 목을 자르는 것은 그를 벌하는 것뿐만 아니라, 죄인을 본떠 유사한 범죄를 저지르려는 유혹을 느끼는 자들에게 끔찍한 본보기를 보여줌으로써 겁을 주는 것에도 목적이 있다. 사회는 복수를 하는 것이 아니라 단지 예방을 하고자 하는 것이다. 사회는 잘린 목을 쳐들어 보임으로써 살인할 소지가 있는 자들이 거기서 그들의 미래를 읽고 멈칫하여 물러서도록 하려는 것이다.

이러한 논리는 깊은 감명을 줄 수도 있을 것이다. 그러나 우리는 다음 사실들을 확인하지 않으면 안 된다.

1) 사회는 스스로가 내세우고 있는 본보기적 성격을 믿지 않는다.

2) 사형 제도는 수많은 범죄자들에게 매혹을 불러일으키는 것 외에 아무런 효과도 가져오지 못했음이 분명한 데 비해, 살인을 결심했다가 사형 제도 때문에 포기했다는 사례는 단 한 건도 입증된 바 없다.

3) 사형 제도는 다른 여러 측면에서 결과를 예측할 수 없는 혐오스러운 본보기가 된다.

사회는 우선 사회 자체가 내세우는 주장을 스스로 믿지 않는다. 진정으로 그런 주장을 믿는다면 사회는 잘린 머리를 보여주어야 할 것이다. 사회는 선전과 광고를 국채나 새로 나온 아페리티프 상표[3]에만 동원할 것이 아니라 사형 집행에도 십분 활용하도록 해야 한다. 그런데 반대로 우리나라에서 사형은 더 이상 공개적으로 집행되지 않고, 형무소 안마당에서 제한된 몇몇 전문가들을 앞에 둔 채

---

3) (옮긴이주) 아페리티프apéritif는 식사 전에 식욕을 돋우기 위하여 마시는 술을 말하는데, 프랑스에서는 이 술을 선전하는 대대적인 광고를 자주 접할 수 있다.

행해진다는 사실을 우리는 알고 있다. 반면에 왜, 그리고 언제부터 그렇게 하게 된 것인지에 대해서는 잘 알려져 있지 않다. 이것은 비교적 근래에 취해진 조처다. 가장 최근의 공개 집행은 여러 사람을 살해하여 그 수법이 유행처럼 번지게 한 베드만의 처형으로 1939년의 일이었다. 사형이 집행되던 날 아침에 엄청난 군중이 베르사유로 몰려들었고, 그중에는 상당수의 사진 기자들이 포함되어 있었으므로 베드만의 모습이 군중에게 노출된 순간부터 그의 목이 잘리는 순간까지 여러 장의 사진이 찍혔다. 몇 시간 후에《파리 수아르 *Paris-soir*》신문은 한 면 전체에 이 흥미진진한 사건에 관한 사진들을 실어 보도했다. 이렇게 해서 파리 시민들은, 재규어가 우리의 구식 디옹 부통 자동차[4]와 다르듯이 사형 집행인이 사용하는 정밀하고도 가벼운 그 기계는 역사책에서 보던 단두대와 다른 것임을 알게 되었다. 그런데 예상과는 반대로 행정 관서와 정부는 이 훌륭한 선전 광고를 매우 못마땅하게 여겨, 신문이 독자들의 잔혹한 본능을 자극하려 한다고 비난했다. 그래서 사형을 더 이상 공개적으로 집행하지 않기로 결정이 났다. 이러한 조처 덕분에 그때부터는 이 일에 종사하는 당국자들의 작업이 보다 더 용이해졌다.

이 사건에 있어서 입법부는 논리적이지 못했다. 오히려《파리 수아르》신문사 사장에게 추가로 훈장을 수여하여 다음번에는 그보다 더 잘해보라고 격려해주었어야 옳았다. 사실 사형이 본보기가

---

4) (옮긴이주) 20세기 초에 생산되었던 최초의 프랑스 자동차 중 하나다.

되기를 원한다면 더 많은 사진을 찍어서 보여주어야 할 뿐만 아니라, 대낮인 오후 두 시쯤 콩코르드 광장의 처형대 위에 단두대를 설치하여 온 국민을 초대해야 하며 참석하지 못한 사람들에게는 사형 집행 광경을 텔레비전으로 보여주어야 한다. 그렇게 하든지 아니면 본보기 운운하는 말은 그만두든지 양자택일해야 한다. 야밤에 형무소 안마당에서 슬그머니 범하는 살인 행위가 어찌 본보기가 될 수 있단 말인가? 그것은 기껏해야, 만약 시민들이 살인을 저지른다면 죽임을 당할 것이라고 가끔씩 경고하는 역할밖에는 하지 못한다. 그런 미래라면 살인하지 않는 사람들에게도 약속할 수 있다. 사형이 진정으로 본보기가 되려면 소름이 끼치도록 무시무시한 것이어야 한다. 1791년에 국민 대표였으며 공개 처형 지지자였던 튀오 드 라 부브리Tuaut de La Bouverie는 국민의회에서 "민중을 제지하려면 참혹한 광경을 보여줄 필요가 있습니다"라고 선언했는데 차라리 그가 더 논리적이었다.

오늘날에는 처형 광경을 아예 볼 수 없게 되었고, 형의 집행에 대해서는 모두들 간접적으로만 들어서 알게 된다. 그리고 간혹 사형집행 소식은 부드러운 표현으로 분장되어 들려온다. 이렇듯 벌의 내용을 점점 더 추상적인 것으로 만들 궁리만 하고 있는데 어떻게 미래의 범죄자가 범행 순간에 그 장면을 머릿속에 떠올릴 수 있겠는가? 범인으로 하여금 형벌을 언제나 깊이 머릿속에 담아 기억하게 함으로써 걷잡을 수 없는 마음을 바로잡고 이어서 그 광적인 결심을 돌이키게 하려면 영상과 언어 등 모든 수단을 총동원하여 징벌과 무서운 실상을 그의 모든 감각 속에 깊이 새겨놓도록 노력해야 하지 않겠는가?

바로 오늘 아침에 아무개가 사회에 진 빚을 갚았다는 식으로 막연하게 암시할 것이 아니라, 그렇게 좋은 기회를 활용해서 그가 맞이하게 될 일의 상세한 내용을 개개의 국민에게 상기시키는 것이 좀더 효과적인 본보기가 되지 않을까? 본보기가 목적이라면, "살인을 하면 당신도 처형대 위에서 숨을 거두게 될 것이다"라고 말하는 대신에 이렇게 말하는 편이 더 낫지 않겠는가? "살인을 하면 당신은 수개월 내지 수년 동안 감옥에 갇혀 이루 형용할 수 없는 절망과 되풀이되는 공포 사이에서 갈가리 찢기게 될 것이다. 결국 고통으로 가득한 밤을 지새우고 나서 어느 날 아침 겨우 무거운 잠에 빠져 들고 있을 당신을 불시에 덮치기 위하여 우리는 구두를 벗고 감방 속으로 미끄러지듯 슬그머니 들어갈 것이다. 그러고는 당신에게 달려들어 등 뒤로 손목을 묶고 가위로 셔츠의 칼라를 도려내고 머리칼이 길다면 잘라낼 것이다. 완벽을 기하기 위해 가죽 끈으로 두 팔을 묶을 것이다. 그러면 당신은 몸을 앞으로 구부리지 않을 수 없고 그리하면 목덜미가 잘 드러나게 될 것이다. 그 다음에 우리는 양옆에서 당신의 겨드랑이에 손을 넣어 당신을 끌고 갈 것이고 당신의 두 발은 긴 복도를 따라 뒤로 질질 끌려갈 것이다. 이윽고 어두운 새벽 하늘 아래서 집행인 한 명이 마침내 당신의 바짓가랑이를 움켜쥐고 당신의 몸을 나무판 위로 내던질 것이다. 한편 또 한 명의 집행인이 당신의 머리가 단두대의 목 넣는 구멍 속에 틀림없이 들어가 있는지 확인하면 세 번째 집행인이 높이 2미터 20센티미터, 무게 60킬로그램인 단두대 칼날을 떨어뜨려 면도날처럼 당신의 목을 자를 것이다."

본보기의 효과를 더욱 증대시키려면, 그리고 억제하기 어려운 살인 욕구를 적시에 자제하게 만들 정도로 그 본보기가 우리 각자의 마음속에 불러일으키는 두려움이 충분히 맹목적이고 강력한 힘이 되도록 하려면 거기서 한 걸음 더 나아가야 할 것이다. 사형수를 죽이는 그 신속하고도 인간적인[5] 방법을 고안해냈다고 섣불리 자만하고 있을 것이 아니라 사형 집행 후의 신체 상태를 묘사하는 증언들과 의학적 보고서들을 수천, 수만 부씩 인쇄하여 각급 학교와 대학에서 읽히도록 조치해야 할 것이다. 특히 최근에 피에들리에브르Piedelièvre 박사와 푸르니에Fournier 박사가 의학 아카데미에서 발표한 논문의 인쇄와 보급을 권장할 일이다. 이 용기 있는 의사들은 형 집행 후 사형수들의 신체 상태를 과학적인 측면에서 검사해달라는 요청에 따라 의무를 다하여 그들의 끔찍한 관찰 기록을 다음과 같이 요약했다.

이 문제에 관하여 감히 의견을 제시하자면, 그 광경은 끔찍할 정도로 보기가 고통스럽다. 절단된 경동맥의 리듬에 따라 혈관에서 피가 흘러나와 응고된다. 근육은 수축된다. 불규칙하게 수축되는 그 광경에 경악을 금할 수 없다. 창자가 꿈틀대고 심장이 불규칙하고 불완전하게 요동치는 모양을 보면 넋이 나갈 지경이다. 어느 순간 입이 실룩거리며

---

5) 단두대를 고안해낸 기요탱Guillotin 박사의 낙천적인 설명에 따르면 처형당하는 자는 아무것도 느끼지 못한다고 한다. 기껏해야 '목이 약간 서늘한 기분'을 느낄 뿐이라는 것이다.

경련을 일으켜서 가히 소름을 돋게 한다. 사실 잘린 머리에서 두 눈은 동공이 팽창된 채 요지부동으로 정지되어 있다. 천만다행으로 그 눈은 아무것도 보지 못한다. 눈은 아무런 동요도 보이지 않고 시체의 단백광도 보이지 않지만 이제 더 이상 움직이지 않는다. 두 눈이 투명한 것으로 보아서는 살아 있는 것 같지만 움직임이 없으니 죽은 것이다. 신체상 특별한 결함이 없는 경우, 이런 모든 상태가 몇 분 내지 몇 시간 동안 계속될 수 있다. 즉각 숨이 넘어가는 것이 아니기 때문이다……이와 같이 참수된 뒤에도 생명체를 구성하는 각 부위는 살아남아 있다. 의사에게는 오직 그 혐오스러운 실험과 시체 해부, 그리고 그 뒤의 때 이른 매장의 인상만이 남게 된다.[6]

이 끔찍스러운 보고서를 읽고서 새파랗게 질리지 않을 독자는 그리 많지 않으리라고 생각된다. 따라서 보고서의 본보기적인 효과와 위협적인 능력은 기대할 만한 것이다. 여기에다 의사들의 관찰 기록의 진실성을 더욱 확고하게 입증해줄 증인들의 보고서를 덧붙이지 못할 것도 없다. 전하는 말에 의하면 사형 집행인이 따귀를 올려붙이자 처형되어 목이 잘린 샤를로트 코르데Charlotte Cordy[7]의 낯이 붉어졌다고 한다. 좀더 최근의 관찰 내용에 귀를 기울여보면 이런 이야기가 그리 놀라울 것도 없다. 아직 이야기를 과장하여 지어내는 경향이나 감상벽의 혐의를 두기는 어려운 편인 어느 사형 집

---

6)《사형 집행인 없는 사법부*Justice sans bourreau*》제2호(1956년 6월).
7) (옮긴이주) 샤를로트 코르데Charlotte Corday는 프랑스 대혁명 당시 과격 혁명 당원이었던 마라Jean Paul Marat를 단도로 암살한 여인이다.

행인 조수는 그가 지켜보아야만 했던 광경을 이렇게 묘사한다.

우리가 단두대의 칼날 밑으로 던져 넣은 것은 그야말로 알코올 중독으로 인한 섬망증에라도 걸린 듯 발광하는 미치광이였다. 잘린 머리는 금방 죽는다. 그러나 몸뚱이는 줄을 팽팽하게 당겨야 할 정도로 바구니 속에서 문자 그대로 펄쩍펄쩍 뛴다. 20분 후 묘지로 옮겨놓아도 그 몸은 여전히 부르르 떤다.[8]

현재 상테 감옥의 부속 사제로 있는 드부아요R. P. Devoyod 신부는 사형 제도에 반대하지 않는 듯한 입장을 취하고 있는데 그는 자신의 저서 《경범 죄수들Les Délinquants》[9]에서 상당히 충격적인 이야기를 들려준다. 그것은 사형수 랑기유의 이야기로, 이 죄수의 이름을 부르자 잘린 그의 머리가 대답을 하더라는 것이었다.[10]

형을 집행하는 날 아침에 사형수는 기분이 몹시 나쁜 상태였다. 그는 종교적인 구원을 거부했다. 독실한 기독교인인 아내에 대해 그가 지니고 있던 애정과 그의 본심을 알고 있었으므로 우리가 그에게 말했다. "자, 부인을 사랑하는 마음에서라도 죽기 전에 잠시 마음을 가다듬어야지요." 그러자 그는 이 말에 응했다. 십자가상 앞에서 오랫동안 묵상을

---

8) 로제 그르니에Roger Grenier, 《괴물들Les Monstres》(Gallimard). 이 진술들은 사실 그대로 옮겨놓은 것이다.

9) 랭스의 마토 브렌Matot-Braine 출판사.

10) 1905년에 루아레 지방에서 있었던 일이다.

하더니 그 후에는 우리가 옆에 있다는 것에 더 이상 신경을 쓰지 않는 것 같았다. 형이 집행되었을 때 우리는 그의 아주 가까이에 있었다. 머리는 단두대 앞에 놓여 있던 통 속으로 떨어졌다. 그리고 몸체는 즉시 바구니 안으로 들어갔다. 그러나 평소와 달리 머리를 바구니 속에 넣기 전에 바구니가 닫혀버렸다. 머리를 들고 있던 조수는 바구니가 다시 열릴 때까지 잠시 기다려야 했다. 그런데 우리는 그 짧은 시간 동안에 마치 용서를 빌듯 애원하는 눈길로 나를 빤히 쳐다보는 사형수의 두 눈을 보게 되었다. 우리는 본능적으로 성호를 그어 그 머리를 축복했다. 그러자 눈꺼풀이 깜빡거렸고 눈길이 부드러워졌다. 이윽고 표정이 또렷하던 그 눈길이 꺼져갔다…….

독자들은 신부가 제시한 설명을 각자의 믿음에 따라 나름대로 받아들일 일이다. 그러나 적어도 이 "표정이 또렷하던" 눈길이라는 말에는 어떠한 설명도 필요하지 않을 것이다.

꿈에 볼까 두려운 다른 증언들을 더 제시할 수도 있다. 그러나 나로서는 더 이상 계속하고 싶은 생각이 없다. 어쨌든 나는 사형 제도가 본보기가 된다고는 주장할 수 없다. 그리고 실상이 이러한 것으로 보아 내게 이 형벌은 일체의 교화적인 성격이 배제된 상황 속에서 이루어지는 거친 외과 수술로 보일 뿐이다. 반대로, 다른 여러 집행 과정을 지켜보고 있는 국가와 사회는 이러한 자세한 내용을 보고도 아주 잘 견디고 있으며, 또 형벌의 본보기적 기능을 내세우고 있으므로, 온 국민이 그런 자세한 내용을 알고 견디도록 만들어야 할 것이다. 그러면 국민들 중 사형의 내용을 모르는 이는 하나도 없을 것이며, 언제까지나 공포에 휩싸인 그들 모두가 프란체스코회 수도사들처럼 순결한 삶을 살게 될 것이다. 한데 그렇지 않고 본보기라는 것이 끊임없이 비밀로 숨겨지고, 형벌의 위협이 고통도 없고 신속한 것, 요컨대 암보다 더 견디기 쉬운 것으로 소개되며, 처형 광경이 꽃처럼 예쁜 수사학적 표현으로 꾸며지는 형편이니 대체 어느 누가 그것에 겁먹기를 바란단 말인가? 결코 착하고 정직하다고 하는 보통 사람들은 아닐 것이다(실제로 착한 사람들도 있기는 있다). 왜냐하면 그들은 사형이 집행되는 시각쯤에 잠을 자고 있거나, 그 훌륭한 본보기의 소식을 듣지 못한 상태에 있거나, 너무 이른 시각에 매장이 이루어질 경우 그 즈음에 버터 바른 빵으로 아침 식사를 하고 있거나, 그들이 신문을 읽을 경우에 한한 것이긴 하지만, 기억 속에 설탕처럼 녹아내릴 달착지근한 공식 발표 내용을 통해서 사법부의 그 같은 행적의 내용을 알게 될 것이기 때문이다. 그러나 바로 이런 평화로운 사람들이 살인죄를 범하는 사람들의 가장 큰 부분을 점하고 있다. 이 정직한 사람들 중 다수가 자기 자신도 잘 의식하지 못하는 범죄인들이다. 어느 사법관의 말에 의하면, 그가 만나본 살인자의 거의 대다수가 아침에 면도할 때까지만 해도 자기가 그날 저녁때 살인을 저지르게 되리라고는 상상하지 못했다고 한다. 그러므로 본보기성과 안전을 위해서 처형당한 사형수의 적나라한 얼굴을 감추어둘 것이 아니라 아침에 면도하는 모든 사람들 앞에다가 들이밀어 보여주어야 마땅할 것이다.

그런데 현실은 전혀 그렇지 못하다. 국가는 사형 집행을 감추고 그에 대한 문헌과 증언에 대해서 함구하고 있다. 그러므로 국가는 깊이 성찰해보는 수고도 하지 않은 채 그저 관습적으로 생각하는 것일 뿐, 사형 제도의 본보기로서의 기능을 믿지 않는 것이다. 수 세기 동안 그렇게 해왔기 때문에 죄인을 죽인다. 그것도 18세기 말에 정해진 방식으로 죽이는 것이다. 그러니까 수세기 전부터 써먹어온 논리를 상습적으로 되풀이하고 있는 셈이다. 이제는 대중 정서의 변화로 인해 피할 수 없게 된 여러 가지 조처들과는 상반된 논리임에도 말이다. 더 이상 논리를 따지지 않은 채 법을 적용하니 사형수들은 형을 집행하는 사람들 스스로도 믿지 않는 이론의 이름으로 확실하게 죽어간다. 만약 형 집행자들이 그런 이론을 믿는다면 그 사실은 알려질 것이고 무엇보다도 겉으로 보일 것이다. 그런데 형 집행에 대하여 광고를 한다면 그 파급 효과는 예측할 수 없는 것일 터인즉, 그것은 누군가의 가학적 본능을 자극하여 결국 어느날 또 다른 살인을 저지름으로써 그 충동을 만족시키게 할 위험이 있을 뿐만 아니라 여론에 거부감과 불쾌감을 촉발할 우려도 있다. 만약 사형 집행 모습이 대중의 상상 속에 생생한 영상들을 남긴다면 오늘날 우리나라에서 볼 수 있는 바와 같은 연속적 사형 집행은 더욱 어려워질 것이다. 정의가 올바르게 실현되었다는 신문 기사를 읽으면서 커피 맛을 음미하는 사람은 그 실상이 조금이라도 상세하게 묘사된 것을 보면 커피를 내뱉고 말 것이다. 그런데 앞에서 인용한 바 있는 증언 내용들은, 사회학자 타르드Gabriel de Tarde가 말했듯이,[11] 시대착오적인 이 사형 제도가 정당화될 수 없다는 것이 명

---

11) (옮긴이주) 피에르 부자Pierre Bouzat의《이론과 실제Traité théorique et pratique》

백해지자 죽이지 않고서 고통을 주는 것보다는 고통을 주지 않고서 죽이는 편이 더 낫다고 주장하며 자위하는 일부 형법학 교수들의 체면을 세워줄 우려도 있다. 그러나 사실은 바로 그렇기 때문에 강베타Léon Gambetta의 입장을 지지해야 한다. 그는 사형 반대론자로서 사형 집행 광고 폐지에 관한 법률안에 반대표를 던지면서 이렇게 말했다. "만약 사형 집행의 끔찍한 광경을 광고하는 제도를 폐지한다면, 그리하여 형무소 내에서 슬그머니 사형을 집행한다면, 최근 몇 년간 표면화되었던 거부감의 공공연한 폭발은 무마될 것이지만 그것은 사형 제도를 더욱 공고히 하는 결과가 될 것입니다."

과연 공개적으로 처형을 하든지 아니면 처형하는 것이 꺼림칙하다는 것을 고백하든지 양자택일할 필요가 있다. 사회가 본보기의 필요성 때문에 사형 제도의 정당성을 주장한다면 스스로 그 광고를 필요불가결하게 만들어 스스로의 입장을 정당화해야 한다. 그 사회는 매번 사형 집행인의 손을 보여주어야 하며 직접, 간접으로 이 집행인이 존재하도록 만든 모든 사람들은 물론이고 과도하게 신경이 예민한 시민들도 그 손을 보지 않을 수 없도록 만들어야 한다. 그렇지 않으면 사회는 스스로 무슨 말, 무슨 짓을 하고 있는지 자각하지도 못한 채 살인을 범하고 있음을 시인하는 격이 된다. 아니면, 그 구역질나는 의식이 대중에게 겁을 주기는커녕 범죄 심리를 자극하거나 여론을 혼란에 빠뜨릴 뿐임을 알면서도 살인을 범하고 있음을 시인하는 격이 된다. 팔코Falco 판사는 누구보다도 더

에 대한 암시. 장 블로크 미셸Jean Bloch-Michel의 재인용.

이 사실을 분명히 깨닫게 해주었다. 그가 재임 말기에 이르러 용기 있게 고백한 다음과 같은 말은 깊이 음미해볼 가치가 있다.

……나는 판사 경력 중에 단 한 번 피의자의 감형에 반대하고 사형 집행을 요구한 바 있다. 내 직업적 지위에도 불구하고 나는 태연한 마음으로 사형 집행 장면을 참관하게 되리라고 생각했다. 사실 피의자는 그다지 흥미로운 인물도 못 되었다. 그는 자신의 어린 딸을 몹시 학대하다가 결국은 우물 속에다 내던져버렸던 것이다. 그런데 웬걸! 그가 처형되고 난 뒤 수주일 아니 수개월 동안 나는 밤마다 그 기억에 시달려야 했다……나도 다른 사람들처럼 전쟁에 참가했고 죄 없는 젊은이들이 죽어가는 것을 보았다. 그러나 그 처참한 광경 앞에서도 사형이라고 하는 일종의 행정적 살인 행위 앞에서 느낀 것과 같은 양심의 가책은 결코 느끼지 못했다고 할 수 있다.[12]

그러나 어쨌든 사회는 그런 범죄 행위를 중단하지 않고 있고, 설령 그것이 나름대로 효력을 낸다 하더라도 그걸 눈으로 확인할 수 없으니 그런 본보기적 힘을 어찌 믿겠는가? 살인을 범하게 될 줄은 꿈에도 예상치 못했지만 어느 한순간 살인을 결심하고 흥분한 상태에서, 혹은 강박관념에 매여 범행을 준비하는 자, 변심한 애인이나 상대방에게 겁을 주려고 무기를 소지하고 담판 장소에 나갔다가 뜻밖에, 본의 아니게, 혹은 본의 아닌 것으로 믿으며 그 무기를 사용하

---

12) 《현실Réalités》 제105호(1954년 10월).

게 되는 자, 이들 중 어느 누구에게도 사형은 위협이 되지 못할 것이다. 간단히 말하여 불행 속에 떨어지듯이 범죄 속에 휩쓸려 들어가고 마는 사람들에게 사형 제도는 위협이 되지 못할 것이다. 이 말은 곧 사형은 대부분의 경우에 있어서 무력한 것이라는 뜻이 된다. 우리나라에서 사형 제도가 적용되는 경우는 드문 것이 사실이다. 그러나 이 '드물다'는 것 자체가 몸서리쳐지는 말이다.

  그렇다면 사형은 그것이 영향을 행사하겠다고 스스로 주장하는, 그야말로 범죄로 먹고사는 범죄인 족속에게는 과연 겁을 줄 수 있는 것일까? 이보다 더 불확실한 일은 없을 것이다. 케스틀러가 쓴 글에서 우리는, 영국에서 소매치기들이 붙잡히면 처형을 당하던 시기에 동료 소매치기들이 처형당하고 있는 동안 그 교수대 주위에 둘러서 있던 군중 속에서 다른 도둑들이 실력을 발휘하고 있었다는 이야기를 읽을 수 있다. 20세기 초에 영국에서 낸 통계를 보면 교수형에 처해진 250명 중에서 170명이 각각 과거에 한두 번씩은 사형 집행 광경을 직접 구경해본 사람들이었다고 한다. 1886년까지도, 브리스틀 감옥으로 속속 입감된 167명의 사형수들 중에서 164명이 적어도 한 번은 사형 집행을 구경한 적이 있는 사람들이었다고 한다. 프랑스에서는 집행이 비밀리에 이루어지고 있기 때문에 이러한 조사가 이루어질 수 없었다. 그러나 위의 조사 결과로 보아, 사형 집행이 있던 날 나의 아버지 주변에도 미래의 범죄자가 상당수 있었을 것임을 짐작할 수 있다. 그러나 그들은 구역질을 하지 않았을 것이다. 위협의 힘이 영향을 가하는 상대는 오직 범죄를 저지를 소지가 없는 그저 소심한 사람들뿐이다. 그리고 정작 수가 줄어들도록 만들어야 할 저 요지부동의 인간들 앞에서는 그 힘이 꺾이고 만다. 이 점에 관하여는 이 책과 다른 전문 서적에서 가장 설득력 있는 수치와 사실들을 찾아볼 수 있을 것이다.

그렇지만 인간이 죽음을 두려워한다는 사실을 부정할 수는 없다. 생명을 빼앗긴다는 것은 분명 최고의 형벌이므로 인간의 마음속에 결정적인 공포심을 불러일으킬 수밖에 없다. 존재의 가장 깊숙한 밑바닥에서 불쑥 솟아오르는 죽음의 공포는 그 존재를 마구 휩쓸어버린다. 생의 본능은 위협을 받으면 극도의 고뇌에 빠져 몸부림치게 된다. 그러므로 입법자는 자신이 만든 법률이 인간의 본성 중에서 가장 비밀스럽고도 가장 강력한 원동력들 중의 하나를 억압하게 된다고 생각해야 마땅한 것이었다. 그러나 법이란 것은 언제나 자연보다 단순하다. 법은 잘 알지도 못하는 인간의 영역 속으로 겁도 없이 들어서서 군림하려 할 때 정리하고 다스리겠다고 스스로 주장하면서도 오히려 일을 더 복잡하게 만들 우려가 있다.

죽음의 공포는 의심할 여지가 없는 자명한 사실이지만, 그 공포가 아무리 크다 해도 인간의 온갖 격정들을 제어하기에 충분할 정도로 컸던 적은 결코 없었다는 것 또한 자명한 사실이다. 베이컨은 인간의 격정 치고 죽음의 공포를 당해내지 못할 정도로 온순한 격정은 세상에 없다고 말했는데 그 말은 옳다. 복수심, 사랑, 명예, 고통, 그리고 다른 종류의 공포는 죽음의 공포를 눌러 이기고야 만다. 한 인간에 대한 사랑이나 나라에 대한 사랑이, 자유에 대한 광적인 갈구가 해낼 수 있는 일을 탐욕, 증오, 질투가 어찌 해내지 못하겠는가? 수세기 전부터 사형 제도는 흔히 교묘한 야만성을 동원해가며 범죄와 겨루어보려고 애써왔다. 그런데도 범죄는 여전히 없어지지 않는다. 왜 그럴까? 인간의 마음속에서 싸움을 벌이고 있는 본능들은 법이 원하는 것처럼 균형을 이룬 상태의 힘이 아니기 때문이다. 그것은 죽어 없어졌다가도 다시 살아나 설치는 가변적인 힘들인바, 전기 진동이 충분히 접근하면 전류가 흐르듯이 정신 생활은 그 힘들의 연속적인 불균형에 힘입어 영위된다. 욕망에서 욕구 감퇴로, 결심에서 포기로 오고 가는 일련의 진동을, 우리 모두가 단 하루 동안에도 무한히 되풀이하고 있는 이런 변주를 상상해보면 심리적 변화의 무한한 증식이 어떤 것인지 이해가 될 것이다. 대개 이런 불균형은 너무나도 일시적인 것이어서 한 가지 힘이 한 인간을 송두리째 다 지배하지는 못한다. 그러나 그 여러 가지 내면적 힘들 중 어느 하나가 미친 듯이 날뛰면서 의식의 전 영역을 다 차지하는 경우가 있을 수 있다. 그렇게 되면 어떤 본능도(비록 생의 본능이라 할지라도) 그 감당 못할 힘의 횡포에 맞서지 못하게 된다. 사형 제도가 진정으로 공포심을 자아낼 수 있으려면 인간의 본성이 달라져서 법률만큼이나 안정되고 침착한 것이 되어야 할 것이다. 그러나 그렇게 된다면 인간의 본성은 죽은 본성이다.

인간의 본성은 그렇지가 않다. 그렇기 때문에 대부분의 살인자는 살인을 범하면서도 자신이 결백하다고 믿는다. 인간의 복잡한 성질을 관찰해보지도, 스스로 체감해보지도 못한 사람에게는 이런 사실이 어지간히 놀랍게 느껴질 것이다. 범죄자는 누구나 판결이 나기 전에는 스스로 무죄라고 생각한다. 정당하다고는 할 수 없어도 적어도 정상 참작의 여지는 있다고 생각한다. 깊이 생각도, 예측도 하지 않는다. 그가 생각을 한다면 그것은 전적으로든 부분적으로든 용서를 받게 되리라고 예측하기 위해서다. 범죄자 스스로가 도저히 있을 수 없는 일로 여기는 것이 어떻게 그를 두렵게 하겠는가? 그가 죽음을 두려워하게 되는 것은 재판을 받은 이후이지, 범행을 저지르기 이전이 아니다. 그러니 공포심을 주기 위해서라면 법은 살인자에게 범행을 저지를 기회를 조금도 주지 말아야 한다. 그 법은 애초부터 가차 없는 것이어야 하고, 특히 그 어떤 정상 참작도 허용하지 말아야 한다. 그런데 이 나라에서 누가 감히 그런 것을 요구하겠는가?

설령 누군가 그렇게 요구한다 하더라도 이번에는 인간 본성의 또 다른 역설적인 면을 더불어 고려해야 할 것이다. 생의 본능은 근본적인 것이지만, 학교의 심리학 선생들은 별로 언급하는 법이 없는 또 하나의 다른 본능인 죽음의 본능보다 더 근본적인 것은 아니다. 죽음의 본능은 어느 순간 자신과 타인의 파괴를 요구한다. 살인 충동은 흔히 스스로 죽고 싶은 욕구 혹은 자신을 무화(無化)시키고 싶은 욕구와 일치한다.[13] 자기 보존 본능은 이리하여 파괴 본능과 표리 관계를 이루는데 그 둘 사이의 비율은 가변적이다. 이 파괴 본능만이 알코올 중독으로부터 마약 중독에 이르기까지 자신도 미처 알아차리지 못하는 사이에 자신을 파멸로 이끄는 수많은 이상 증세를 전적으로 설명할 수 있다. 인간은 삶을 갈구한다. 그러나 그

---

13) 매스컴에서는 종종 자신을 죽일 것인가 남을 죽일 것인가 사이에서 망설였다는 범죄자들의 이야기를 접할 수 있다.

욕구가 인간의 모든 행위들을 지배하기를 기대하는 것은 헛된 일이다. 인간은 또한 스스로 무(無)가 되기를 원한다. 그는 돌이킬 수 없는 일을 원하고 죽음 그 자체를 위하여 죽음을 원한다. 그래서 범죄자가 범죄뿐만 아니라 범죄에 수반되는 불행을(심지어, 아니 특히, 그 불행이 엄청난 것이기를) 바라는 경우가 생기게 된다. 이 괴이한 욕구가 커져서 그를 사로잡게 되면 장차 사형을 받게 된다는 전망 따위로는 범인의 행동을 만류할 수 없을 뿐만 아니라, 그런 전망이 자신을 죽이고 싶어하는 그의 현기증 나는 욕구를 배가시킬 가능성이 있다. 이런 경우, 어떤 의미에서 그는 스스로 죽기 위해 다른 사람을 죽이는 것이 된다.

이러한 기이한 현상들만 보아도, 정상적인 사람들을 겁주기 위해 치밀하게 계산하여 만든 것 같은 이 사형 제도가 실제로는 그 평균적인 심리의 기능을 완전히 상실하게 된다는 것을 알 수 있다. 다른 나라에서도 그렇지만, 사형 제도 폐지를 주장하는 나라에서 낸 모든 통계는 사형 제도 폐지와 범죄율 증가는 아무런 상관 관계가 없다는 사실을 예외 없이 보여준다.[14] 범죄율은 증가하지도 감소하지도 않는다. 단두대도 존재하고 범죄도 존재한다. 이 두 가지 사이에는 법에 의한 관련이 있을 뿐 다른 어떤 가시적인 관계는 없다. 통계에서 밝혀진 여러 가지 장황한 수치들로부터 내릴 수 있는 결론은 오직 다음과 같은 것뿐이다. 즉, 수세기 동안 살인 이외의

---

14) 1930년의 영국 '선별 위원회Select Committee'의 보고서와 최근의 연구 결과가 실린 영국 왕립 위원회의 보고서에 따르면, '모든 통계 수치를 검토해볼 때 사형 제도의 폐지로 인하여 범죄 건수가 증가하지는 않았다는 것을 확인할 수 있다'.

범죄들까지 죽음으로써 처벌했는데 이렇게 오랫동안 극형을 반복해도 그런 범죄들 중 어느 것도 완전히 사라지지 않았다는 것이다. 그런 범죄들을 죽음으로 처벌하지 않은 지 수백 년이 되었다. 그랬다고 해서 범죄율이 증가한 것은 아니다. 그중 어떤 것은 감소하기까지 했다. 마찬가지로 수세기 동안 살인죄를 극형에 처했지만 그렇다고 해서 카인의 후예들이 사라진 것은 아니다. 결국 사형 제도를 폐지했거나 더 이상 사형을 선고하지 않고 있는 33개 국가에서 살인의 건수는 증가하지 않았다. 사정이 이러할진대 어느 누가 과연 사형이 진정으로 겁을 주는 제도라고 결론 내릴 수 있겠는가?

보수주의자들은 이러한 사실과 수치를 부인하지 못한다. 그들이 내세우는 유일하고 최종적인 대답은 의미심장하다. 그것은 본보기가 된다면서 사형 집행을 그토록 교묘하게 비밀에 부치고 있는 사회의 이율배반적인 태도를 설명해주기 때문이다. 보수주의자들은 이렇게 말한다. "실제로 사형 제도가 본보기가 된다고 증명할 수 있는 것은 아무것도 없다. 심지어 수많은 살인자들이 사형에 구애받지 않고 범죄를 저질렀다는 것이 확실하기까지 하다. 그러나 우리는 사형이 겁이 나서 범행을 포기한 사람들이 누구인지 알아낼 길이 없다. 따라서 사형 제도가 본보기가 안 된다고 입증할 수 있는 것이 전혀 없다." 이렇게 하여 형벌 중에서도 가장 무거운 형벌, 사형수에게는 최종적 파멸이 되고 사회에는 최고의 특권을 부여해주는 이 형벌이 겨우 입증 불가능이라는 오직 한 가지 근거 위에 성립되어 있는 것이다. 죽음에는 등급도 확률도 있을 수 없다. 죽음은 유죄성도 육체도 모두 결정적인 경직성 속에 고정시켜버린다.

그런데도 우리나라에서는 가능성과 예측의 이름으로 죽음이 부여되고 있다. 이러한 예측이 합당한 경우라고 하더라고 죽음 중에서도 가장 확실한 죽음을 허용하기 위해서는 어떤 확신이 있어야 하지 않겠는가? 그런데 사형수는 그가 분명히 저지른 범죄 때문이라기보다는 저질러질 수 있었을, 그러나 저질러지지 않은, 그리고 저질러질 수 있을, 그러나 저질러지지 않을 모든 범죄의 이름으로 몸이 두 조각으로 잘리는 것이다. 여기서는 가장 광범위한 불확실성이 가장 무자비한 확실성을 허용하고 있는 것이다.

이렇게 위험천만한 모순에 놀라고 있는 사람은 나뿐만이 아니다. 국가 자체도 이런 모순을 비판한다. 이러한 양심의 거리낌이 이번에는 국가가 취하는 태도의 모순을 설명해준다. 사실을 부정할 수 없는지라 국가는 사형 집행이 범죄자들에게 겁을 주는 데에 도움이 되었다고 자신 있게 단언하지 못하기 때문에, 형 집행을 일체 광고하지 못하게 한다. 베카리아Cesare Beccaria[15]는 이미 다음과 같이 말하여 국가를 벗어날 수 없는 딜레마에 빠뜨린 바 있다. "국민들에게 권력의 증거를 자주 과시하는 것이 중요하다면 처형이 잦아져야 한다. 그러나 그러려면 범죄 역시 자주 발생해야 하는데 그렇게 되면 사형은 그것이 당연히 주어야 할 인상을 전혀 주지 못하게 된다. 이로부터 사형 제도는 무용한 동시에 불가피하다는 결론이 나온

---

15) (옮긴이주) 베카리아Cesare Beccaria는 18세기에 활동한 이탈리아의 철학자이자 범죄학자로 저서 《범죄와 형벌의 이론*Dei delitti e delle pene*》(1764)을 남겼다. 모를레 André Morellet가 프랑스어로 번역한 그의 저서에 볼테르Voltaire와 디드로Denis Diderot가 주석을 달았다.

다." 그렇다면 국가는 무용한 동시에 불가피한 형벌 제도를 어떻게 하면 좋겠는가? 사형 제도를 폐지하지는 못한 채 그냥 은폐하는 수밖에 다른 도리가 없는 것이다. 따라서 국가는 난처한 느낌을 지우지 못한 채 저만큼 멀찍한 곳에 사형 제도를 보존해두고서, 적어도 어느 날, 적어도 어느 한 사람이 살인죄를 범하려다가 처벌당할 것을 고려해 범죄 행위를 포기함으로써 아무도 알아차리지 못하는 가운데 사실상 존재 이유도, 경험도 없는 법률에 어떤 정당성을 부여해주기를 무작정 바라고 있는 것이다. 단두대가 본보기로서 유용한 것이라고 계속 주장하기 위해, 국가는 이처럼 저질러질지 어떨지 끝내 알 수 없는 어떤 미지의 살인을 막기 위해서 너무나도 현실적인 살인을 무수히 저지르기에 이른다. 자신이 유도하는 살인 행위가 어떤 것인지는 잘 알면서 자신이 방지하는 살인 행위가 어떤 것인지는 계속해서 모르게 된다니 이 얼마나 괴이한 법률인가.

그렇다면 광기와 살인이라는 부끄러움으로까지 타락시키는, 지극히 확실한 또 다른 힘이 사형 제도 속에 내포되어 있다는 사실이 입증된다면, 그때 이른바 그 본보기로서의 위력에서 남는 것은 과연 무엇일까?

우리는 이미, 여론 속에 나타나는 사형이라는 의식의 본보기적 효과, 사형 의식이 여론 속에 일깨우는 가학성의 징후들과 일부 범죄인들에게 불러일으키는 끔찍한 공명심을 가려내볼 수 있다. 처형대 주변에는 품위라고는 없고 구역질과 경멸감, 혹은 더할 수 없이 천박한 쾌감만이 있다. 이런 효과는 이미 잘 알려진 것이다. 그래서 천박함을 피하기 위해서라도 단두대는 시청 광장으로부터 파리의 외곽 지대로, 나중에는 형무소 안으로 옮겨지지 않을 수 없었다. 이런 종류의 구경거리를 찾아다니는 것을 직업으로 하는 자들의 느낌이 어떠한 것인가에 대해서는 별로 알려진 바가 없다. 그렇다면 "개인적인 수치심을 뼈아프게 느꼈다"는 영국의 어느 형무소장의 말과 "혐오감, 수치심, 그리고 모욕감"을 느꼈다는 교도소 부속 신부의 말에 귀를 기울여보자.[16] 특히 특별 근무 규칙에 따라 살인을 하는 사람들, 즉 사형 집행인의 느낌이 어떠할지를 상상해보자. 단두대를 '연장', 사형수를 '고객' 혹은 '소포'라고 부르는 이 공무원들에 대하여 어떻게 생각하면 좋을까? 결국 사형 집행에 30회 가까이 입회해 보고 나서 다음과 같은 글을 남긴 벨라 쥐스트Bela Just 신부처럼 생각하는 것 외에 다른 방법이 없을 것이다. "사형 집행인들이 쓰는 은어는 그 추잡성과 저속성에 있어서 결코 범죄인이 쓰는 은어에 뒤지지 않는다."[17] 그리고 다음은 지방 출장에 관하여 어느 사형 집행인 조수가 언급한 말이다. "우리가 여행을 떠날 때는 신나는 농담으로 떠들썩한 진짜 파티였다. 택시도 훌륭한 레스토랑도 다 우리 차지였다."[18] 이 사람은 단두대 칼날이 사형수의 목 위로 떨어지도록 작동시키는 사형 집행인의 기민한 솜씨를 자랑하면서 "우리는 손님의 머리카락을 잡아당겨 머리통을 조준하는 사치를 즐길 수 있었다"고 말한다. 여기에 표현된 난잡함 속에는 훨씬 더 심각한 다른 일면

---

16) 1930년의 선별 위원회 보고서.

17) 벨라 쥐스트Bela Just, 《교수대와 십자가*La Potence et la Croix*》(Fasquelle).

18) 로제 그르니에, 《괴물들》.

들이 내포되어 있다. 사형수가 입고 있던 의복은 대개가 사형 집행인의 차지가 된다. 데블레르 영감은 그 옷들을 전부 판자 막사 안에 걸어놓고서 가끔씩 찾아가 구경하곤 했다. 이보다 더 심한 것도 있다. 앞에서 말한 집행인 조수는 이렇게 털어놓는다. "새로 부임한 집행인은 단두대에 미친 사람이다. 가끔 그는 여러 날 동안 줄곧 자기 집에서 모자를 쓰고 외투를 갖추어 입는 등 모든 채비를 다 하고 의자에 앉아서 법무성의 소환을 기다렸다."[19]

그렇다. 이런 자가 바로 조제프 드 메스트르Joseph de Maistre가 말한 바로 그런 인간이다. 즉 그가 존재하기 위해서는 숭고한 신권과 같은 특별 명령이 있어야 하며, 그가 없으면 '질서가 혼돈으로 변하고 왕권이 무너지며 사회는 소멸하고 만다'는 것이다. 사회는 처치 곤란한 범죄자를 바로 이런 자의 손에 완전히 내맡기는 것이다. 왜냐하면 석방 명령에 서명하는 사람이 바로 사형 집행인이고 이렇게 되면 자유인을 그의 처분에 맡기는 것이기 때문이다. 이쯤 되면 우리 입법자들이 고안해낸 훌륭하고도 엄숙한 본보기는 적어도 한 가지 확실한 효과를 나타내는 셈이니, 즉 사형 제도는 집행에 직접 관여하는 망나니들의 인간적 품성과 이성을 격하시키고 파괴해버리는 것이다. 그야 그런 못된 일을 천직으로 삼은 예외적인 인간들의 경우일 뿐이라고 사람들은 말할 것이다. 그러나 무보수로 사형 집행인이 되겠다고 스스로 나서는 자들이 수백 명씩 있다

---

19) 로제 그르니에,《괴물들》.

는 사실을 알고 나면 그런 말을 하기는 좀더 어려워질 것이다. 최근 몇 년간의 역사적인 참사를 겪은 우리 세대 사람들이라면 이런 사실에 놀라지 않을 것이다. 우리는 더할 수 없이 평화롭고 친근한 사람들의 얼굴 뒤에 고문과 살인의 충동이 잠자고 있음을 알고 있다. 미지의 살인범에게 겁을 주겠다고 하는 형벌 제도 때문에 더욱 확실한 또 다른 괴물들이 사람 죽이는 천직으로 몰려드는 것이다. 우리는 개연성을 고려하여 가장 잔인한 법률들을 정당화하고 있으므로, 사형 집행관 자리에 지원했다가 탈락한 수백 명 중 적어도 누군가 한 사람쯤은 단두대가 그의 마음속에 일깨워놓은 피의 충동을 다른 방법으로 충족시켰으리라는 것은 의심의 여지가 없다.

그러므로 만약 사형 제도를 존속시키고 싶다면 적어도 본보기성을 빙자하여 합리화하는 위선은 삼가주었으면 한다. 이 처벌 제도는 사람들에게 광고하여 알리는 것을 철저히 거부하는 이 형벌, 성실한 사람들이 성실하게 사는 한 아무런 영향력을 끼칠 수 없지만 성실성을 포기한 자들에게는 매혹의 대상이 되고 그 일에 가담하는 자들을 타락시키거나 망쳐놓는 이 위협적인 제도를 에둘러 지칭하지 말고 사실대로의 이름으로 불러야 한다. 이것은 물론 하나의 형벌이며 더욱이 신체적·정신적으로 끔찍한 형벌이지만 인간을 퇴폐적으로 만들 뿐 어떤 확실한 본보기도 되지 못한다. 벌을 가함으로써 살인 충동을 자극할 뿐 조금도 불상사를 예방하지 못한다. 사형 제도는 그 벌을 당하는 자들 이외의 사람들에게는 있으나 마나 한 제도다. 정신적으로는 수개월 내지 수년 동안, 육체적으로는 생명이 다하지 않은 채 몸뚱이가 둘로 잘리는 절망적이고도 잔인한 시간 동안 그 형벌을 당하는 사형수에게만 의미가 있는 것이다. 다른 품위라고는 아무것도 없으니, 오직 진실이라는 품위라도 회복할 수 있도록 이 형벌을 제 이름으로 불러서 그것이 본질적으로 어떤 것인지를 인정하자. 사형의 본질은 복수라는 것을 인정하자.

예방하는 것이 아니라 이미 저질러진 죄를 단죄하는 형벌은 사실상 복수라고 한다. 이것은 근원적인 법을 위반한 자에게 사회가 가하는 거의 산술적인 응보. 이런 응보는 인간의 역사만큼이나 오래된 것으로, 이름하여 동태복수법(同態復讐法)이라고 한다. 즉 나를 아프게 한 자는 아픔을 당해야 하고 내 눈알을 뽑아낸 자는 애꾸눈이 되어야 하며 죽인 자는 죽어야 한다는 이론이다. 이는 원칙의 문제가 아니라 감정의 문제다. 그것도 유달리 치열한 감정의 문제다. 이러한 반좌법(反坐法)은 본성과 본능에 속하는 것이지 법률에 속하는 것이 아니다. 법은 당연히 본성과 동일한 규칙을 따를 수는 없는 것이다. 인간이 본성 속에 살인 기질을 지니고 있다고 하더라도, 법률은 이런 본성을 모방하거나 재현하기 위해서 만들어진 것이 아니다. 법률은 타고난 본성을 교정하기 위해서 만들어진 것이다. 그런데 동태복수법은 순전한 본성적인 충동을 인정해주고 그 충동에 법의 힘을 실어주는 것에 그친다. 우리는 누구나 다 이런 충동을 겪었고──흔히 수치심 때문에──그 위력을 잘 알고 있다. 이런 충동은 저 깊은 원시림에서 온 것이다. 이런 점에서 보면, 사우디아라비아에서 석유 왕[20]이 국제민주주의를 부르짖으면서 한편으로는 망나니에게 도둑의 손목을 칼로 자르게 하는 것을 보고 당연히 분노하는 우리 프랑스인들 역시 신앙의 핑계와 위안도 갖추지 못한 일종의 중세 암흑 시대를 살고 있는 셈이다. 우리는 아직도 정의를 어떤 조야한 산술적 규칙에 따라 정의하고 있는 것이다.[21] 최소한 이러한 산술적인 계산이 적정한 것이라고 말할 수 있을까? 비록 초보적이긴 하지만, 비록 합법적인 복수에 국한된 것이긴 하지만, 정의는 사형 제도에 의하여 지켜지는 것이라고 말할 수 있을까? 우리는 그렇지 않다고 대답하지 않으면 안 된다.

동태복수법을 실제로 적용하는 것은 불가능하다든가, 도둑이 훔친 돈과 똑같은 액수의 돈을 그의 은행 구좌에서 인출하는 것이 그 도둑에게 충분한 벌이 되지 못하고 방화범의 집에 불을 지름으로써 방화범을 벌하는 것은 그에 못지않게 지나친 것으로 보인다든가 하는 점은 잠시 제쳐두고 생각하기로 하자. 희생자의 죽음을 살인자의 죽음으로 보상하는 것이 정당하고 필요한 일이라고 인정하기로 해보자. 그러나 사형 집행은 그저 하나의 죽음에 불과한 것이 아니다. 집단 수용소가 형무소와 다르듯이 사형은 본질적으로 단순한 생명의 박탈과는 다르다. 사형은 분명 생명의 박탈이며, 범

---

20) (옮긴이주) 이븐 사우드는 풍습과 사법권의 봉건적인 성격으로 유명했다.

21) 몇 년 전에 나는, 폭동 중에 세 명의 프랑스인 경찰을 살해한 혐의로 유죄 판결을 받은 여섯 명의 튀니지인 사형수들의 사면을 청원한 바 있다. 살인 행위가 발생한 상황으로 보아 이들에게 똑같이 책임을 지우기가 어려워 보였기 때문이었다. 대통령 관저에서는 서신을 통하여 책임 있는 부서가 내 탄원에 관심을 기울이고 있다고 알려왔다. 그러나 불행하게도, 이 서신이 내게 전해진 것은 이미 2주 전에 형이 집행되었다는 사실을 내가 신문에서 읽은 뒤였다. 판결을 받은 사람들 중 세 명은 사형에 처해졌고 나머지 세 명은 사면되었다. 여섯 명 중에서 하필 그 세 명을 사면한 이유는 결정적인 것이 아니었다. 아마 경찰 세 명이 희생당했으니 사형수 세 명을 처형할 필요가 있었던 것 같다.

한 살인의 대가를 산술적으로 치르게 하는 형벌이다. 그러나 사형 제도는 복수라는 형식을, 장차 희생될 사람이 알고 있는 가운데 공공연히 행해지는 사전 모의를, 그리고 끝으로 죽음보다도 더 끔찍한 정신적인 고통의 원천이 되는 어떤 조직화를 그 죽음에 덧보탠다. 그러므로 거기에는 공평함이란 없다. 대부분의 법률은 사전 모의에 의한 살인을 단순한 우발적 살인보다 더 무겁게 다룬다. 그렇다면 사형 집행은 살인 중에서도 가장 계산된 고의적 살인이 아니고 무엇이겠는가? 어느 범인이 행한 가증할 범죄는 그것이 아무리 고의적인 것이라 해도 사형에 비할 것이 못 된다. 사형과 단순한 생명 박탈이 동등해지려면, 살인범은 처참한 죽음을 당하게 될 희생자에게 그를 죽이게 될 시각을 미리 통지하고, 그 순간부터 수개월 동안 희생자를 마음대로 감금해두었다가 사형의 벌을 내려야 마땅할 것이다. 그러나 이런 괴물 같은 인간은 사적인 생활에서는 찾아볼 수 없다.

여기서도 역시 공적인 법 이론가들은 고통을 주지 않고 죽이는 방법을 논하고 있는데, 이들은 자신들이 무슨 말을 하고 있는지 알지도 못하고 있는 것이며 특히 이들에게는 상상력이 결여되어 있다고 할 수 있다. 수개월 혹은 수년 동안 사형수가 느껴야 하는 공포감은 사람을 망치고 황폐하게 하는 것으로서 죽음보다도 더 잔인한 형벌이다.[22] 범인에게 살해당하는 희생자는 이런 형벌을 강

22) 2차 세계대전 후 프랑스가 독일의 점령에서 해방되었을 당시 사형 선고를 받은 뢰망Rœmen은 형이 집행되기까지 700일 동안 형무소에 갇혀 있었는데 이것은 지극히 잔학한 처사였다. 일반 법에 따르면 사형수들은 집행 날 아침까지 대개 3~6개월을 기

요당하지 않는다. 희생자는 자신에게 가해지는 치명적 폭력에 대한 극심한 공포 속에서도 대개의 경우 자신에게 무슨 일이 일어나고 있는지 알지 못한 채로 곧장 죽음을 향해 치닫게 마련이다. 두려움의 시간이 생명과 더불어 카운트되고 있는 동안 그를 덮치는 그 광란에서 벗어날 희망이 없지는 않은 것이다. 반면에 사형수에게는 공포감이 상세하게 세분된다. 희망이 가하는 고문이 동물적인 절망의 고통과 교차한다. 변호사와 교도소 부속 신부는 단순한 인도주의 때문에, 간수들은 사형수가 얌전하게 있도록 하기 위해서, 한결같이 입을 모아 그가 사면을 받게 될 거라고 말하며 안심시킨다. 사형수는 온 마음으로 그런 말을 믿다가 그 다음에는 더 이상 믿지 않게 된다. 낮에는 사면을 희망하고 밤에는 사면 때문에 절망한다.[23] 날이 갈수록 희망과 절망은 증가하고 또 둘 다 마찬가지로 견딜 수 없는 것이 된다. 모든 증인들에 의하면 피부 색깔이 변하고 공포심은 마치 황산과도 같이 해로운 영향을 미친다고 한다. 프렌 감옥의 어느 사형수는 말한다. "머지않아 죽는다는 사실을 안다는 것은 아무것도 아닙니다. 장차 살게 될지 어떨지 모른다는 것이야말로 끔찍하게 두렵고 괴로운 일입니다." 카르투슈Cartouche[24]는

다린다. 사형수들이 살아남을 기회를 간직하려면 집행까지의 유예 기간을 단축하기는 어려운 일이다. 사실 프랑스에서 사면 요청은 법과 관습이 허용하는 한도 내에서 진지하게 검토되고 있으며 그 진지함에는 명백한 사면 의지가 포함될 수도 있음을 나는 증명할 수 있다.

23) 일요일에는 사형을 집행하는 일이 없으므로 사형수들에게 토요일 밤은 언제나 보다 나은 시간이다.

24) (옮긴이주) 본명은 부르기뇽Bourguignon. 전설적인 도적 두목으로서 1721년에 처형당했다.

사형에 대해 이렇게 말했다. "흥! 그건 참기 괴로운 15분 정도지." 그러나 이것은 몇 분의 문제가 아니라 여러 달의 문제다. 사형수는 오래전부터 자신이 죽게 된다는 것을, 그리고 하늘의 명령과도 같은 사면 조처만이 자신을 구할 수 있다는 것을 알고 있다. 어찌 됐든 그는 스스로 개입할 수도 변호할 수도 설득할 수도 없다. 모든 것이 그의 의지 밖에서 진행된다. 이제 그는 한 인간이 아니라 사형 집행인의 손에 다루어지기를 기다리는 하나의 물건이다. 그는 무기력한 물질의 절대적인 불가피성 속에 얽매여 있다. 그러나 그에게는 제일 견디기 어려운 원수 같은 의식(意識)이 남아 있다.

사람을 죽이는 것이 직업인 관리들이 그들을 '소포'라고 부를 때 그들은 이 말의 뜻을 잘 알고 있다. 이동시키고 감시하고 내던지는 그들의 손에 대해 속수무책이니 그야말로 소포나 물건이나 아니면 기껏해야 팔다리가 묶인 짐승과 같은 존재가 아니겠는가? 그래도 짐승은 먹기를 거부하기라도 할 수 있다. 사형수는 그럴 수 없다. 그는 특별한 식이 요법의 혜택을 받게 되어 있다(프렌 감옥에서는 우유, 포도주, 잼, 버터를 곁들인 식이 요법 제4번이 실시되고 있다). 사형수는 감시하에 영양을 섭취한다. 필요하다면 강제로 먹게 하는 일도 있다. 곧 죽일 짐승은 건강 상태가 양호해야 한다. 물건이나 짐승에게는 소위 변덕이라고 불리는 저 변질된 자유에의 권리가 있을 뿐이다. 사형 선고를 받은 사람들을 두고 프렌 감옥의 교도 반장은 이렇게 말했다. 비꼬는 말이 아니었다. "그들은 대단히 예민하거든요." 그럴지도 모른다. 그러나 달리 어떻게 자유를, 인간이 사는 데 꼭 필요한 저 의지의 존엄성을 얻을 수 있을 것인가? 예민하든 않든 사형수는 판결이 내려지는 순간부터 냉정한 기계 속으로 말려든다. 그는 여러 주일 동안 그의 일거수일투족을 지배하는 톱니바퀴 속에서 돌고 돌다가 마침내 죽음의 기계 위에 그를 눕히는 손에 넘겨진다. '소포'는 이제 살아 있는 인간을 지배하는 우연이 아니라 참수당하는 날 한 치의 오차도 없이 미래를 예측하도록 해주는 기계적 법칙에 복종한다.

그날 물건으로서의 그의 조건이 온전히 이루어진다. 처형장까지의 45분 동안, 어쩔 수 없는 죽음의 확실성이 모든 것을 짓뭉개 버린다. 묶여서 고분고분 순종해야 하는 짐승은 지옥 같은 순간을 겪게 된다. 이 지옥에 비하면 곧 닥쳐온다고 사람들이 위협하는 진짜 지옥은 아무것도 아니다. 그리고 보면 그리스인들은 좀더 인간적이어서, 사형에 독이 든 당근즙을 사용했다. 그들은 사형수에게 상대적 자유를, 즉 사형수 자신이 죽을 시간을 좀 늦추든지 앞당길 가능성을 남겨주었다. 그들은 자살과 사형 집행 두 가지 중에서 선택할 수 있도록 했다. 우리는 보다 확실성을 기하기 위하여 우리 자신이 정의를 행한다. 그러나, 진정한 정의를 운위하지만, 오직 사형수가 자신의 결심한 바를 몇 달 전에 알려놓고 피해자 집에 들어가 그를 단단히 묶어놓고 한 시간 후면 그 피해자가 죽게 될 것을 알린 다음 마침내 죽음의 기계를 설치하는 일로 그 한 시간을 채웠다고 했을 때에야 비로소 진정한 의미의 정의가 있을 수 있을 것이다. 그러나 어느 범죄자가 피해자를 그토록 절망적이고 그토록 무력한 상황 속에 몰아넣은 적이 있었던가?

사형수들은 집행 순간에 이상하게도 고분고분 순응하는 것이 관례인데 이런 태도는 아마 이렇게 설명될 수 있을 것이다. 이제 아무것도 잃을 것이 없는 이 사람들은 막판 승부를 걸고서 무차별적인 총탄에 맞아 죽거나 미치광이처럼 발버둥치다가 모든 감각이 마비된 채로 단두대에서 처형되기를 더 좋아할지도 모른다. 어떤 의미에서 이것은 자유로운 죽음이 될 것이다. 그러나 몇 가지 예외가 있기는 하지만 사형수는 대개 음울한 절망의 구렁텅이 속에 빠져 수동적으로 죽음을 향해 걸어간다. 사형수가 용감하게 죽음을 맞았다고 기사를 쓸 때 기자들이 의미하는 것은 바로 이런 점일 것이다. 사형수가 소란을 떨지 않았고 '소포'로서의 조건에서 이탈하지 않았으며 모두들 사형수에게 그 점을 고맙게 생각한다는 뜻으로 그 기사를 해석하는 것이 옳다. 그렇게도 존엄을 훼손하는 사안인데 당사자는 존엄의 훼손이 너무 오래 지속되지 않도록 해줌으로써 가상한 품위를 유지해준 것이다. 그러나 용기에 대한 칭찬과 인정의 말은 사형 제도를 에워싸는 전반적 신비화의 일부다. 사형수는 흔히 겁이 날수록 더욱더 얌전해지니 말이다. 공포심이나 자포자기 심정이 그의 사고를 완전히 마비시킬 정도가 될 때에 비로소 사형수는 보도 기관의 찬양을 받아 마땅할 것이다. 내 말을 제대로 이해해주기 바란다. 정치범이든 아니든 몇몇 사형수들은 영웅적으로 죽어간다. 이들에 대해서는 상응하는 찬미와 존경심을 가지고 이야기하는 것이 마땅하다. 그러나 이들 중 대다수는 두려움으로 인한 침묵 이외의 다른 침묵을 알지 못하며 공포로 인한 태연함 이외의 다른 태연함을 알지 못한다. 그러나 이렇듯 공포에 질린 침묵은 더욱 큰 존경을 받을 만한 가치가 있다고 나는 생각한다. 벨라 쥐스트 신부는 어느 젊은 사형수에게 교수형 집행 직전에 가족들에게 편지를 쓰라고 권했다가 "용기가 나지 않습니다. 편지를 쓸 용기조차"라는 대답을 들었다. 이런 약한 마음의 고백을 듣고서 한 사람의 신부로서 인간이 보여주는 가장 비참하고 가장 거룩한 일면 앞에 어찌 고개를 숙이지 않을 수가 있겠는가? 입을 다문 채 말을 잃은 이 사람들이 스스로 남기는 피바다에서 무엇을 느꼈는지 안다면 어느 누가 감히 그들이 비겁하게 죽었다고 말할 것인가? 그렇다면 한편 이들을 이렇게 비겁한 모습으로 몰아넣은 사람들을 무어라고 규정해야 옳을 것인가? 결국, 살인자는 누구나 살인을 할 때 죽음 중에서도 가장 끔찍한 죽음을 당할 위험을 무릅쓴다. 반면에 이들을 죽이는 사람들은 승진의 기회를 얻을 뿐 아무런 위험 부담도 지지 않는다.

그렇다. 인간이 그때 느끼는 것은 도덕성을 초월한 것이다. 미덕도 용기도 지식도 심지어 결백함도 여기서는 아무런 역할을 하지 못한다. 단번에 사회는 아무것도 심판의 대상이 될 수 없는 극심한 공포의 원시 상태로 되돌아가게 된다. 존엄도 형평도 사라졌다. "결백하다는 생각도 이 폭력을 이겨낼 수는 없다……진짜 강도들은 용감하게 죽는데 무고한 사람들이 사지를 와들와들 떨며 죽음을 향해 나아가는 것을 나는 보았다."[25] 벨라 쥐스트 신부가, 자신의 경험에 의하면 실신하는 일은 지식인들의 경우에 더 잦다고 덧붙여 말한 것은 이 범주의 사람들이 다른 사람들보다 용기가 부족하다는 뜻이 아니라 이들 쪽이 상상력이 더 풍부하다는 뜻일 뿐이

---

[25] 벨라 쥐스트, 《교수대와 십자가》.

다. 인간은 그가 굳게 믿는 것이 무엇이든 간에 불가피한 죽음에 직면하면 머리끝에서 발끝까지 황무지가 되고 만다.[26] 자기의 죽음을 바라는 사람들의 공공연한 연합에 직면하여 밧줄에 묶인 사형수가 맛보는 고독감과 무력감은 오직 그것 자체만으로도 상상을 초월하는 형벌이다. 이 점에서 보아도 역시 사형은 공개적으로 집행하는 편이 더 나을 것이다. 사람이면 저마다 본능적으로 지니고 있는 연극 배우 기질[27]이 나타나 공포에 질린 짐승을 구해줄 것이고 그 자신의 눈에도 체면이 서도록 도와줄 것이기 때문이다. 그러나 집행이 한밤중에 비밀리에 행해지면 도움을 받을 길이 없다. 그런 처참한 환경 속에서는 용기도 영혼의 힘도 신앙까지도 우연이 되어버릴 우려가 있다. 대개 인간은 실제로 죽기 훨씬 이전부터 사형을 기다리는 동안에 망가지고 만다. 살인은 한 번밖에 범하지 않았는데 그는 두 번 죽음을 당하게 된다. 그중 첫 번째 죽음이 두 번째 진짜 죽음보다도 더 가혹하다. 이런 형벌에 비하면 동태복수법은 그래도 개화된 법으로 보인다. 동태복수법은 형제를 애꾸눈으로 만든 자에게서는 두 눈을 도려내야 한다고 주장한 적이 결코 없다.

더욱이 이런 근본적으로 불공평한 처사는 사형수의 가족들에게까지 파급된다. 피해자에게는 가까운 지기들이 있고 이들의 고통

---

26) 가톨릭 신자인 어느 저명한 외과 의사는 경험을 통하여, 환자들이 불치의 암에 걸렸을 때 그 환자가 신앙을 가진 사람이라고 하더라도 그 병에 대해 사실대로 알려주지 않는다고 내게 고백한 바 있다. 충격은 이들의 신앙까지도 황폐하게 만들 우려가 있다는 것이다.
27) (옮긴이주)《이방인》의 마지막 페이지를 참조할 것.

은 끝이 없는 것이어서 이들은 대부분의 경우 복수를 갈망한다. 그들은 복수를 한다. 그러나 이렇게 되면 사형수의 부모는 극도의 불행을 맛보게 되며 이 불행으로 이들은 모든 사회 정의를 넘어서는 벌을 받는다. 여러 달에 걸친 어머니 혹은 아버지의 기다림, 사형수와의 면회, 그 시간을 채우는 어색한 대화, 그리고 마침내 집행 장면의 모습, 이 모든 것이 피해자의 친척들은 경험하지 않아도 되는 고문들이다. 피해자의 친척들이 느끼는 감정이 어떤 것이든 간에 이들은 복수가 죄인이 저지른 죄보다 훨씬 더한 것이기를 바랄 수는 없으며, 그 복수로 인하여 다른 사람들이 그들 자신의 고통을 똑같이 나누어 가지며 괴로워하기를 바랄 수도 없다. 어느 사형수는 이렇게 쓰고 있다.

저는 사면을 받았습니다, 신부님. 저는 제게 굴러 들어온 행복을 아직은 제대로 실감하지 못하겠습니다. 저의 사면은 4월 30일에 결정되었고, 저는 이 사실을 수요일에 면회실에서 돌아오는 길에 통고받았습니다. 저는 아직 상테 감옥을 떠나지 않은 상태였던 아버지와 어머니에게 당장에 알리도록 했습니다. 지금 그분들이 얼마나 기뻐하실지 상상해보십시오.[28]

사실 상상하는 것이 가능은 할 것이다. 그러나 사면의 순간까지

---

28) 앞의 드부아요R. P. Devoyod 신부의 글에서 인용. 한편, 느닷없이 자신들에게 닥친 형벌을 제대로 납득하지 못하고 있는 것이 분명한 사형수의 아버지나 어머니가 제출한 사면 탄원서 또한 눈물 없이는 읽을 수 없다.

그들이 끊임없이 겪는 불행과, 무고한데도 부당하게 처벌의 비보를 받게 되는 사람들의 마지막 절망을 상상하는 것이 가능한 한도 내에서 그런 행복한 장면의 상상이 가능할 것이다.

요컨대 동태복수법은 그 법의 원시적 형태에서조차 절대적으로 무죄인 한 사람과 절대적으로 유죄인 다른 한 사람, 이 둘 사이에만 적용될 수 있다는 사실을 주목할 필요가 있다. 물론 무고한 사람은 피해자 쪽이다. 그러나 과연 그 피해자를 대표한다는 사회 역시 무고하다고 주장할 수 있을까? 그토록 준엄하게 응징하는 범죄에 대해 사회는 적어도 부분적인 책임이 있지 않을까? 이 문제는 자주 거론된 바 있으니 18세기부터 다양한 인사들이 전개해온 논거들을 여기서 되풀이하지는 않겠다. 더욱이 그런 논거들은, 어느 사회에 든 그 사회에 합당한 범죄자가 있게 마련이라고 말하는 것으로 간단히 요약될 수 있다. 그러나 프랑스에 관한 한, 이로써 우리 입법자들을 좀더 겸손하게 만들어 마땅할 사정들을 지적해두지 않을 수 없다. 1952년에 사형 제도에 관한 《피가로 *Le Figaro*》의 설문 조사에서 어느 육군 대령은 종신 징역을 법정 최고형으로 삼는다면 범죄 전문학교를 만드는 것과 다름없다고 응답했다. 이 고급 장교를 위해서는 다행한 일인지 모르겠지만 아마도 그가 알지 못하고 있을 사실이 한 가지 있다. 우리 사회에는 이미 범죄 학교들이 존재하고 있다는 사실이 그것이다. 중앙 교도소에 비해 여기서는 밤낮 어느 때건 자유로운 외출이 가능하다는 것이 상당한 차이점이다. 그것은 바로 우리 공화국이 자랑하는 선술집과 빈민굴이다. 이 문제에 관한 한 온건한 어조로 의사를 밝히는 것은 불가능하다.

통계에 따르면 파리 시내에만 해도 인구 과밀 주택(방 하나에 3~4명이 기거)이 6만 4,000개에 달하는 것으로 추산된다. 물론 어린아이를 살해하는 자는 특히 비열한 인간이어서 일말의 동정심도 가질 가치가 없다. 이 글을 읽는 독자 중 아마(나는 '아마'라고 말하고 있다) 어느 누구도 그같이 빈민굴에서 잡거 생활을 하는 상황에 놓인다고 해서 어린이를 살해하는 짓까지 저지르지는 않을 것이다. 그러니 그런 짐승 같은 자들의 죄과를 에누리하여 생각한다는 것은 말도 안 된다. 그러나 이런 짐승 같은 자들도 보다 인간다운 주거에서 살았다면 그렇게까지 하지는 않았을지도 모른다. 최소한 오직 그들에게만 죄가 있는 것은 아니라고 말할 수는 있다. 그리고 주택 건설업보다 오히려 설탕 공장에 정부 보조금을 지급해 주는 사람들에게 그들을 벌할 권리가 주어진다는 사실은 납득하기가 어려운 것 같다.[29]

그런데 알코올은 이런 부끄러운 상황에서 한술 더 뜬다. 프랑스라는 나라가 대체로 비열한 이유로 해서[30] 국회의원 다수의 결정에 따라 조직적으로 알코올 중독에 걸려 있음은 잘 알려진 사실이다. 그런데 피를 흘리는 범죄 발생에 있어서 알코올의 책임이 차지하는 비율을 보면 현기증이 날 정도다. 어느 변호사(변호사 기용 씨)는 그 비율을 60퍼센트로 추산했다. 라그리프Lagriffe 박사는 41.7퍼센

---

29) 프랑스는 알코올 소비 1위 국가인데, 건설업에서는 15위를 차지하고 있다.

30) (옮긴이주) 브랜디 자가 제조 문제가 국회에서 여러 차례 거론되었으나 해결 방안이 나온 적은 한 번도 없었다.

트 내지 72퍼센트 정도로 추산했다. 1951년에 프렌 형무소 감시 구역의 일반범들을 상대로 실시한 설문 조사에서는 29퍼센트가 만성적인 알코올 중독자이고 24퍼센트는 알코올성 유전 해당자인 것으로 드러났다. 끝으로 어린이 살해범 중 95퍼센트가 알코올 중독자다. 이것은 엄청난 수치다. 좀더 주의를 기울여보면 이보다 훨씬 더 어마어마한 수치를 찾아낼 수 있다. 가령 1953년도에 국세청에 4억 1,000만 프랑의 매상을 올렸다고 신고한 한 아페리티프 선술집의 경우가 그렇다. 이 수치들을 비교해보면, 이런 술집의 주식 소유자들과 알코올 의원들은 그들이 생각하는 것 이상으로 많은 어린이들을 살해한 책임이 있다는 것을 알 수 있다. 나는 사형을 반대하는 입장이니 이들을 사형에 처하라고 주장할 생각은 결코 없다. 그러나 우선 다음번 어린이 살해범 사형 집행 때 군대의 경호 하에 이들을 그곳으로 데리고 가서 참관시키고, 나오는 길에는 앞에서 말한 수치들이 포함된 통계 보고서를 이들에게 나누어 주는 것이 꼭 필요하고 시급한 일로 보인다.

알코올이라는 씨앗을 파종하는 국가로 말하자면[31] 범죄를 수확하게 되더라도 놀라서는 안 될 것이다.[32] 하기야 국가는 그런 사실에 놀라지 않고 다만 국가가 그렇게 많은 알코올을 쏟아 부은 머리

31) (옮긴이주) 프랑스에는 국립 알코올 공단이 있다. 프랑스적 전통과 국가 예산에 대한 배려가 합작하여 알코올 소비를 장려하는 일이 잦은 것이다.

32) 19세기 말엽에 사형 지지자들은 1880년부터 범죄율이 증가한 것은 사형 제도 적용 사례가 줄어들어 생긴 결과라는 듯이 크게 떠들어댔다. 그러나 사전 허가도 없이 술집의 개업을 허용하는 법령이 공표된 것이 바로 1880년이었다. 이 점에 의거해 통계 수치를 해석해보라지!

를 자르는 것으로 만족한다. 국가는 태연하게 사법권을 휘두르며 마치 채권자 같은 태도를 취한다. 양심에 거리낄 것이 하나도 없다는 것이다. 가령 한 알코올 판매 대리점 주인은 《피가로》의 설문에 대답하면서 이렇게 외쳤다. "아무리 완강한 사형 폐지론자라도, 바로 앞에서 살인자들이 자기 아버지, 어머니, 아이들이나 가장 친한 친구를 죽이려고 할 때 마침 자기 손에 총기가 들려 있다면 어떤 행동을 취할 것인지 자명합니다. 그렇다면!" 이 '그렇다면'이라는 말 자체에 벌써 알코올 냄새가 좀 배어 있는 것 같다. 물론 가장 열렬한 사형 폐지론자도 당연히 그 살인자들에게 총을 쏠 것이다. 그렇다고 하더라도 단호하게 사형 폐지를 주장하려는 그의 이유들은 조금도 변하지 않을 것이다. 한 걸음 더 나아가 그가 자신의 생각을 좀더 확대시켜서 그 살인자들에게서 알코올 냄새가 났다는 데에 생각이 미친다면 이어서 그는 미래의 범죄자들을 중독시키는 것을 직업으로 삼고 있는 자들을 찾아가 손을 봐주려 할 것이다. 알코올로 인한 범죄의 피해자 가족들이 국회로 찾아가서 몇 가지를 분명히 따져보아 달라고 청원할 생각을 한 번도 해본 적이 없다는 사실이 그저 놀라울 따름이다. 그런데 오히려 일은 정반대로 되어가고 있다. 국가는 보편적인 신임을 얻고 여론의 지지까지 받으면서 계속 살인자들을, 심지어 특히 알코올 중독 살인자들까지 교정하고 있다. 이것은 힘들여 일해서 자신에게 생활 필수품을 확보해주는 여자들을 포주가 혼내주는 것과 다름없는 일이다. 그러나 적어도 포주는 훈계는 하지 않는다. 그런데 국가는 한다. 판례에 따라 때때로 만취 상태가 정상 참작의 요인이 된다고 생각되면 국가는 만성적인 알코올 중독을 무시해버린다. 그러나 만취 상태에 수반되는 범죄는 폭력 범죄들뿐이다. 그런 범죄들은 사형을 받지는 않는다. 한편 만성적인 알코올 중독자도 사형당해 마땅할 계획적인 범죄를 저지를 수 있다. 그러므로 국가는 국가의 책임이 깊이 관련된 경우에만 처벌의 권리를 국한시키는 것이다.

   이것은 다시 말하면, 온 민족이 과일 주스만 마시게 될 때까지 국가는 가슴만 치면서 모든 알코올 중독자에게는 책임이 없다고 선언해야 한다는 것을 뜻할까? 물론 아니다. 유전성이라는 이유로 일체의 유죄성을 소멸시켜서는 안 되는 것과 마찬가지다. 한 범죄자의 실질적인 책임 여부는 정확하게 평가될 수가 없다. 계산을 통해서 우리 조상들 중 알코올 중독자와 그렇지 않은 자가 몇 명이었는지를 알아낼 수는 없다. 시간의 저쪽 극단에는 현재 지구에 살고 있는 인구 수의 10의 22제곱 배가 되는 사람들이 있을 것이다. 그들이 우리에게 물려주었을 나쁜 성질이나 병적인 체질의 수는 셈할 수가 없다. 우리는 무한한 필연성이라는 무게를 짊어지고서 이 세상에 온다. 유전 문제에 대해서는 우리에게 전혀 책임이 없다고 결론을 내려야 할 것이다. 그러니 논리대로 따져보면 벌도 상도 내릴 수 없는 것이고 그렇게 되면 사회는 성립 불가능해질 것이다. 그러나 반대로 여러 사회의 보존 본능은, 다시 말해서 개인들의 보존 본능은 개인의 책임을 전제로 할 것을 요구한다. 그러므로 절대적인 관용 같은 것은 꿈꾸지 말고 이런 사실을 인정하지 않으면 안 된다. 절대적인 관용은 사회의 죽음과 다름없기 때문이다. 그러나 역시 같은 논리에 따라 우리는 전체적 책임이란 절대로 존재할 수 없으며, 따라서 절대적인 벌이나 상도 존재할 수 없다고 결론 내릴 수밖에 없다. 어느 누구도 결정적으로 상을 받을 수는 없다. 노벨상 수상자라도 안 된다.[33] 그러나 누군가가 유죄로 추정만 될 경우(하물며 무죄일 가능성이 있다면 더욱) 절대적인 벌을 받아서는 안 될 것이다. 본보기성도 형평의 원칙도 진정으로 충족시키지 못하는 사형 제도는, 언제나 상대적일 수밖에 없는 유죄성을 결정적이고 돌이킬 수 없는 형벌로 처벌한다는 점에서 부당하게도 엄청난 특권을 남용하고 있는 것이다.

사형 제도가 실제로 본보기로서의 기능에서도 의심스럽고 사회 정의로서도 절름발이식이라고 한다면 그 제도를 주장하는 사람들이 생각하듯이 그것은 제거를 위한 법임을 인정해야 한다. 사형은 사형수를 사회로부터 영원히 제거한다. 이 사실만 보더라도 사형 제도를 옹호하는 사람들은 우리가 방금 살펴보았듯이 끊임없이 비판받을 소지가 있는 위험한 주장을 되풀이하지는 말아야 할 것이다. 차라리, 사형 제도는 결정적인 기능을 가져야 마땅하기 때문에 결정적이라고 말하는 것이, 그리고 어떤 사람들은 사회 내에 복귀시켜서는 안 될 인간들이고 개개 시민과 사회 질서에 항구적인 위협이 되는 인간들이므로 무슨 일이 있어도 이들을 제거해야 한다고 확실하게 못 박는 편이 더 솔직한 태도일 것이다. 우리가 사는 사회

---

33) (옮긴이주) 이 글을 쓸 당시 카뮈는 아직 노벨상 수상자가 아니었다. 이 말로 보아 1957년 3월 중순에 그는 자기가 노벨상을 타게 되리라고는 꿈에도 생각지 못하고 있었음을 알 수 있다.

안에는 무엇으로도 그 힘과 난폭성을 꺾을 수 없을 듯한 야수 같은 인간들이 존재한다는 것은 최소한 아무도 부인할 수 없는 사실이다. 사형 제도는 이들이 일으키는 문제를 해결하지는 못하지만 적어도 그 문제를 제거하기는 한다는 사실을 인정할 필요가 있다.

　그런 사람들에 대해서는 나중에 다시 거론하겠다. 그렇지만 사형 제도는 과연 그들에게만 적용되는 것일까? 처형된 사람들 중에는 교화될 가능성이 있는 사람이 한 명도 없었다고 단언할 수 있을까? 이들 중 무고한 사람이 한 명도 없었다고 단언할 수 있을까? 이 두 가지 경우로 보아 사형 제도는 돌이킬 수 없는 것이라는 점에서만 제거법이라는 것을 솔직히 인정해야 되지 않겠는가? 14세의 어린 소녀를 살해한 죄로 사형 선고를 받았던 버턴 애벗Burton Abbott이 어제인 1957년 3월 15일에 캘리포니아에서 처형되었다. 이런 범행이야말로 바로 범인을 교화할 수 없는 자들로 분류하게 만드는 잔학한 범죄라고 생각된다. 애벗은 여전히 자신이 무죄라고 주장했으나 사형을 당했다. 집행은 3월 15일 10시로 정해져 있었다. 9시 10분에는 변호인단이 마지막 상소문을 제출할 수 있도록 집행 유예가 허용되었다.[34] 11시에 상소가 기각되었다. 11시 15분에 애벗이 가스실로 들어갔다. 그는 11시 18분에 첫 가스를 들이마셨다. 11시 20분에 특사 위원회의 비서가 전화를 걸어왔다. 위원회의 의견이 바뀌었다는 내용이었다. 사람들은 바닷가로 휴가를 떠난 주지사를 찾아 나섰고 이어서 형무소로 직접 전화를 했다. 애벗

---

34) 미국의 형무소에서는 집행 전날 사형수에게 집행을 예고하고 감방을 옮기는 것이 관례로 되어 있음을 지적해둘 필요가 있다.

이 가스실에서 끌려 나왔을 때는 이미 너무 늦었다. 만약 어제 날씨가 나빠서 캘리포니아 하늘에 비바람이 몰아치기라도 했더라면 주지사는 바다로 떠나지 않았을 것이다. 그랬더라면 그가 2분 더 빨리 전화를 했을 것이고 오늘 애벗은 살아서 아마도 자신의 무죄가 증명되는 것을 보았을 것이다. 아무리 가혹한 벌이라 하더라도 다른 형벌에 처해졌더라면 그에게는 그런 기회가 남겨졌을 것이다. 사형 제도는 그에게 아무런 기회도 남겨주지 않았다.

사람들은 이 사건이 예외적인 것이라고 생각할 것이다. 그러나 우리의 생명도 예외적이다. 그렇지만 우리의 덧없는 삶에서 이 사건은 우리 바로 옆에서, 비행기로 10여 시간밖에 안 걸리는 곳에서 일어났다. 신문에서 보면 애벗의 불행한 사건은 잡보 기사 가운데 실리는 다른 사건들과 마찬가지로 예외적일 것도 없으며 특이할 것도 없는 하나의 실수에 불과하다(최근에 일어난 것으로는 데에Deshays[35] 사건을 참조할 것). 법학자 올리브크루아Olivecroix는 1860년경에 오판의 확률을 계산해보면 사형당한 257명 중 한 명은 무죄였다고 결론 내렸다. 이런 비율은 미미한 것이라고 보아야 할까? 평균 형벌 수치에 비하면 미미한 수치다. 그러나 사형 수치에 비해 보면 한없이 큰 수치다. 빅토르 위고Victor Hugo가 단두대를 레쥐르크Lesurques[36]라고 불렀을 때, 이것은 단두대에서 목이 잘리

---

35) (옮긴이주) 데에Deshays는 마옌 지방의 벌목 인부였는데, 자신의 입장을 해명하는 데 서툴러서 범하지도 않은 살인죄를 뒤집어썼다.
36) 레쥐르크Lesurques는 '쿠리에 드 리옹' 사건으로 무고하게 단두대에서 처형된 사람이다.

는 모든 사형수가 레쥐르크라는 의미가 아니라, 레쥐르크 같은 사람이 한 명만 있어도 단두대의 명예는 영원히 손상된다는 뜻이었다. 벨기에가 한 건의 오판 사건이 있은 후 사형 선고를 영원히 포기한 것과 영국에서 헤이스[37] 사건 이후 사형 폐지 문제가 제기된 것은 이해가 된다. 우리는 또한, 유죄일 가능성은 매우 높지만 피해자의 시신이 발견되지 않았다는 이유로 사면 신청을 한 사형수에 관하여 문의를 받자 다음과 같은 결론을 내린 검찰총장의 태도를 충분히 이해할 수 있다. "X……가 살아남아야 당국은 그의 아내의 생존 여부에 대하여 차후에 제시될지도 모르는[38] 모든 새로운 실마리를 효과적으로 검토해볼 수 있을 것이다……반대로, 사형을 집행해버린다면 이러한 검토의 가상적 기회를 제거함으로써 지극히 미미한 실마리에다가 이론에 불과한 가치와 초래함이 부적절할 것으로 판단되는 후회의 힘을 실어주게 될 것을 우려한다." 여기에는 정의와 진실에 대한 배려가 감동적으로 표현되어 있다. 우리나라의 중죄 재판소에서는 이 '후회의 힘'이라는 표현을 종종 인용하는 것이 적절할 것 같다. 이 말은 모든 배심원이 처하게 될 위험을 매우 확실하게 요약하고 있기 때문이다. 사실 무고한 사람이 일단 죽고 나면 그를 위해서는 그 누구도 아무것도 해줄 수가 없다. 고작 그의 명예를 회복시켜줄 수 있을 뿐이다. 그것도 명예 회복을 대신

---

37) (옮긴이주) 헤이스Hayes는 자신이 범하지 않은 죄의 누명을 쓰고 1955년에 억울하게 교수형을 당했다.

38) 사형수는 자신의 아내를 살해한 혐의로 기소되었다. 그러나 그 아내의 사체가 발견되지 않았던 것이다.

요구해줄 누군가가 있을 경우에나 그렇다. 그렇게 되면 그는 솔직히 말해서 그로서는 결코 한 번도 잃어본 적이 없는 결백함을 회복하게 되는 셈이다. 그러나 그가 당해야 했던 핍박, 끔찍한 괴로움, 무시무시한 죽음은 영원히 그의 몫이다. 그러니 미래의 무고한 사람들이 그러한 형벌들을 당하지 않도록 주선할 일밖에 남지 않게 된다. 벨기에에서는 그렇게 했다. 우리나라에서는 양심에 거리낄 일이 없는 느긋한 태도를 보이고 있는 것 같다.

아마도 우리의 양심은, 사법도 과학과 같은 속도로 발전했다는 생각을 기본적으로 갖고 있는 것 같다. 박식한 전문 감정인이 중죄재판소에서 장황하게 설명을 늘어놓는 것을 보면 마치 옛날에 신부가 설교하던 모습 같으며, 마치 과학이라는 종교 속에서 양성된 배심원단이 결론을 내리는 것처럼 보인다. 그러나, 베나르[39] 사건이 대표적이라고 볼 수 있는 최근의 사건들을 보면, 우리는 전문 감정인들이 어떤 코미디를 벌이고 있는지 짐작할 수 있게 된다. 유죄성을 시험관에 넣어 그 정도를 테스트했다고 해서 그 유죄성이 더 잘 입증되는 것은 아니다. 두 번째 시험관에 넣어보면 그 반대의 결과가 나올 수도 있으며, 이런 위험천만한 산술 계산에서 나오는 개인차는 대단히 중대한 것이다. 진정으로 감정 능력을 갖춘 학자들의 비율은 인간 심리에 정통한 판사들의 비율과 마찬가지이고, 진지하고 객관적인 배심원단의 비율보다 겨우 약간 더 높은 정도다.

---

39) (옮긴이주) 독물학(毒物學) 감정인들의 보고에 따라 마리 베나르Marie Besnard
는 일곱 명의 주변 사람들을 독살한 혐의를 받았다. 재판 결과, 피의자의 무죄는
입증되지 않고 서로 상반된 감정인들의 보고의 취약성만 드러나고 말았다.

과거에나 현재에나 오판의 가능성은 여전히 있다. 내일은 어느 다른 감정을 통하여 또 다른 애벗의 무죄가 밝혀질 것이다. 그러나 애벗도 과학에 의거하여 죽게 될 것이다. 그런데 유죄와 무죄를 다 같이 밝혀낸다고 스스로 주장하는 과학이지만 그 과학도 자신이 죽인 사람들을 되살려내는 일에는 아직 성공하지 못하고 있다.

한편, 사람들은 유죄인들 중에서 오직 교화의 가능성이 없는 자들만 죽였다고 확신할 수 있을까? 나처럼 인생의 어느 한때에 필요에 의하여 중죄 재판의 과정을 지켜본 경험이 있는 사람[40]이라면 누구나 선고에는 많은 우연이 개입된다는 사실을 알고 있다. 이런 우연은 때로는 치명적일 수도 있다. 피고인의 생김새에서부터 과거의 행적[배심원들은 흔히 간음죄를 가중(加重) 정상 사유로 간주한다. 그러나 나는 배심원들 모두가, 언제나 이 문제에 있어서 결백하다고는 결코 믿을 수 없었다], 태도(피고인의 태도는 관례적일 때, 즉 대부분의 경우 연극적일 때에만 유리해진다)와 화술(상습범들은 말을 더듬거려도 너무 달변이어도 안 된다는 사실을 잘 알고 있다), 그리고 감정적인 차원에서 평가된 청중의 분위기(그런데 유감스럽게도! 진실이 언제나 감동적인 것은 아니다)에 이르기까지, 배심원단의 최종적 결정에 영향을 미치는 우연은 얼마든지 있다. 사형 판결의 순간, 우리는 형벌 중에서도 가장 확실한 형벌을 내리는 데 이르기 위해서는 수많은 불확실성들을 대대적으로 결합시키지

---

40) (옮긴이주) 카뮈는 우선 알제리에서 《알제 레퓌블리캥Alger républicain》 기자로서, 다음에는 파리에서 《콩바Combat》 기자로서 이런 경험을 한 적이 있다. 소설 《페스트》 참조.

않으면 안 되었다는 점을 확신해도 좋을 것이다. 배심원단이 경감 사유들에 대하여 내리는 평가에 최종 판결이 좌우된다는 사실을 알고 나면, 특히 1832년의 개혁으로 인하여 우리나라 배심원단이 '확정짓지 못한' 경감 사유를 인정할 권리를 갖게 되었음을 알고 나면, 배심원단의 순간적인 기분에 좌우되는 오차의 폭이 얼마나 큰지를 상상해볼 수 있다. 그러고 보면 사형을 부여해야 하는 경우를 정확하게 미리 결정하는 것은 법률이 아니라 배심원단이라고 할 수 있다. 배심원단이 사후에 피고인에게 법률을 평가해주는(그렇게 말할 수 있다) 셈이다. 두 배심원단이 정확하게 똑같은 경우는 세상에 없으므로 사형당한 사람이 어쩌면 사형당하지 않을 수도 있었다고 볼 수 있다. 일에빌렌 지방의 정직한 사람들의 눈에는 사회 복귀가 불가능해 보이는 자도 맘씨 좋은 바르 지방 사람들에게는 정상 참작의 여지 같은 것이 있는 사람으로 보일지 모르는 일이다. 불행하게도 똑같은 단두대 칼날이 그 두 지역에 똑같이 떨어진다. 그리고 단두대 칼날은 세세한 사정 같은 것에는 신경 쓰지 않는다.

시간적인 우연에 지리적인 우연이 겹치면 총체적인 불합리성이 더욱 심화된다. 얼마 전 어느 공장 탈의실에 폭탄을 장치한(폭탄은 폭발되기 전에 발견되었다) 혐의로 공산주의자인 프랑스인 노동자가 알제리의 단두대에서 처형되었다. 그는 그 행위 자체 때문만이 아니라 시대 분위기 때문에도 사형을 당한 것이다. 사람들은 현재 알제리의 분위기 속에서 단두대 처형이 프랑스인에게도 적용되었음을 과시함과 동시에 테러 범죄에 분노를 느끼고 있던 프랑스 여론도 만족시키고자 했던 것이다. 그러나 같은 시기에 형 집행을 관할하고 있던 법무장관은 자신의 선거구에서 공산주의자들의 표를 얻게 되었다. 상황이 달랐더라면 피의자는 별 어려움 없이 곤경에서 헤어났을 것이며, 정당의 의원이 되어서 어느 날 장관과 같이 술집에서 한잔하게 될 수도 있었을 것이다. 이런 생각을 하다 보면 입맛이 씁쓸해진다. 우리 통치자들도 이런 생각을 머릿속에 새겨 두고 있었으면 좋겠다. 이들은 시대와 풍습은 변한다는 사실을 알아야 한다. 너무 빨리 처형당한 유죄인이 더 이상 그토록 흉악하게 보이지 않는 날이 오게 될 수도 있다. 그러나 그때는 이미 늦은 것이다. 사무치게 후회하거나 망각하는 것밖에 다른 도리가 없게 된다. 물론 사람들은 잊어버리는 쪽이다. 그러나 사회는 그만큼 병이 든다. 그리스인들은 범죄가 처벌받지 않으면 도시가 타락한다고 했다. 그러나 무죄가 처벌받거나 처벌이 너무 과해도 여전히 도시는 더럽혀진다. 프랑스에 살고 있는 우리는 그것을 알고 있다.

인간이 만든 사법권이라는 것이 원래 그런 것이며 재판이 불완전하기는 해도 임의적인 심판보다는 낫다고 사람들은 말할 것이다. 그러나 이런 서글픈 평가는 보통 수준의 형벌의 측면에서나 그냥 받아넘길 수 있는 것이다. 사형 선고를 놓고 볼 경우 그것은 파렴치한 것이다. 등급이 있을 수 없는 사형 제도를 변명하기 위해, 프랑스의 어느 고전 법학 전서에는 이렇게 씌어 있다. "인간의 사법권은 그런 비율을 보장하겠다는 야심은 전혀 가지고 있지 않다. 왜? 사법권은 스스로 그 불완전함을 알고 있기 때문이다." 그렇다면 이런 불완전함에도 불구하고 우리에게는 절대적인 판결을 내릴 권리가 있으며 순수한 정의를 실현한다는 확신도 없이 사회가 극도의 위험을 무릅쓰고 최악의 불공평성으로 치달아도 된다고 결론을 내려야 옳을까? 스스로 불완전하다는 것을 안다면 사법권은 겸손한 태도를 보이고, 판결을 둘러싸고 생길지도 모르는 오류를 수정할 충분한 여지를 어느 정도 남겨놓아야 옳지 않을까?[41] 사회가 스스로에 대하여 정상 참작의 사유를 찾아내어 변명할 정도로 약점을 지니고 있으니 범죄자 자신에게도 항상 그 같은 정상 참작의 사유를 허용해주어야 하지 않을까? 배심원단은 과연 다음과 같이 말하고도 부끄럽지 않을 수 있을까? "내가 만약 실수로 당신을 죽게 한다면 우리가 다 같이 천성적으로 지니고 있는 이런 약점들을 고려해서 나를 용서해주시오. 하지만 나는 그런 약점도 그런 천성도 고려하지 않은 채 당신에게 사형을 선고하겠소." 실수와 과오에 있어서 모든 인간들은 서로 공통적인 연대 의식을 지니고 있다. 이 연대감이 법정에는 적용되고 피고인에게는 배제되어야만 할까? 안 될 말이다. 이 세상에서 사법권이 어떤 의미를 지닌다면 그것은 다름 아닌 이 연대 의식의 인정에 있다. 이것은 본질적으로 연민과 분리될 수 없다. 물론 여기서 연민이란 우리가 공통적으로 겪는 고통에 대한 감정일 뿐, 희생자의 고통과 권리는 전혀 고려하지 않는 알량한 관용이 아니다. 연민이란 처벌을 배제하는 것이 아니라 극형의 선고를 보류하는 것이다. 연민은 인간 전체에게 부당함을 행

---

41) 시용Sillon은 최근에 이혼을 원하는 아내에게 네 살 난 딸을 넘겨주지 않기 위해서 딸을 죽였다. 그 시용이 사면을 받자 사람들은 기뻐했다. 시용이 투옥되어 있는 동안 그가 뇌종양 환자임이 밝혀짐으로써 그가 그런 광기 어린 행동을 한 경위가 설명되었던 것이다.

하는 결정적이고 돌이킬 수 없는 조처에 대해서는 혐오를 느낀다. 왜냐하면 그런 조처는 인간이 공통적으로 지니는 조건을 고려하지 않기 때문이다.

사실 어떤 배심원단은 그런 면을 잘 알고 있기 때문에 경감할 만한 데가 전혀 없는 범죄의 경감 사유를 받아들이기도 한다. 그들이 보기에 사형은 지나친 것이고, 지나치게 벌하기보다는 불충분하게 벌하는 것이 더 낫다고 판단되기 때문이다. 그러고 보면 형벌의 극단적인 가혹성은 죄를 벌하는 것이 아니라 조장하는 셈이 된다. 중죄 재판에 대하여 쓴 신문이나 잡지를 읽다 보면 판결의 앞뒤가 맞지 않는다든지, 사실에 비추어볼 때 불충분하거나 지나쳐 보인다든지 하는 말이 나오지 않는 사건이 없다. 그러나 배심원들도 이 사실을 모르고 있는 것은 아니다. 다만 이들은 사형이라는 엄청난 사안을 앞에 두고서, 우리 자신도 그 입장이라면 그렇겠지만, 앞으로 밤잠을 설치기보다는 차라리 얼간이 취급을 받는 것이 낫다고 생각하는 것이다. 이들은 자신들이 불완전하다는 사실을 알고 있기 때문에 적어도 거기에 어울리는 결론을 내는 것이다. 논리성이 그들의 편이 아니라는 바로 그 점에서 정의는 그들의 편인 것이다.

그러나 어느 장소, 어느 시대를 막론하고 배심원단이라면 예외 없이 사형 선고를 내려야 할 천인공노할 범죄자들이 있게 마련이다. 범죄 사실이 확실하고 검찰 당국이 제시하는 증거가 피고인의 자백과 일치하는 경우다. 비정상적이고 극악무도한 성질만 보아도 이들은 이미 병리학적 부류로 정리된다. 그러나 대부분의 경우 신경정신과 전문 감정인들은 이들의 책임을 인정한다. 최근 파리에 성격이 약간 유약하긴 하지만 상냥하고 정이 많은데다가 가족들과 화목하게 지내던 한 청년이 있었다. 그가 고백한 바에 따르면 그는 귀가가 늦었다고 아버지에게서 꾸중을 듣자 신경질이 났다고 한다. 아버지는 식당의 식탁 앞에 앉아 신문을 읽고 있었다. 청년은 도끼를 들고 뒤로 가서 아버지를 여러 차례 가격하여 치명상을 입혔다. 그러고 나서 부엌에 있던 어머니를 같은 방식으로 쓰러뜨렸다. 그는 옷을 벗고 피 묻은 바지를 옷장 속에 감춘 다음 아무 일도 없었다는 듯 약혼녀 부모의 집에 놀러 갔다가 다시 자기 집으로 되돌아와서는 부모가 살해된 것을 지금 막 발견했노라고 경찰에 신고했다. 경찰은 즉시 피 묻은 바지를 찾아냈고 어려움 없이 부모 살해범으로부터 태연스러운 자백을 받아냈다. 정신과 의사들은 신경질이 나서 범행을 저지른 그 살인자에게 책임이 있다고 결론을 내렸다. 그러나 그가 장차 교도소 안에서도 그 증거를 보여주게 될(그는 부모의 장례식에 많은 사람들이 참석했음을 알고 기뻐하며 변호사에게 "사람들은 부모님을 몹시 좋아했어요"라고 말했다고 한다) 그 기이한 무심함은 정상적인 것이라고 간주될 수 없다. 그러나 겉으로 보기에 그의 정신 상태는 멀쩡한 것이었다.

많은 '괴물 같은 인간들'이 이렇듯 도무지 속을 짐작할 수 없는 얼굴을 하고 있다. 겉으로 드러나는 사실들에만 의거하여 이들은 제거된다. 분명 범행의 성격이나 규모로 보아 이들이 후회를 하거나 행실을 고칠 수 있으리라고는 상상할 수 없다. 다만 이들이 그런 일을 또다시 저지르지 못하도록 할 필요가 있는데, 그러기 위해서는 이들을 제거하는 길밖에 다른 해결 방안이 없다. 오직 이런 극한적인 경우에 있어서만 사형 제도를 둘러싼 논란이 정당성을 얻을 수 있다. 그 밖의 다른 모든 경우 보수주의자들의 논법은 사형 폐지론자들의 비판을 감당할 수 없다. 반대로 극단적으로는 우리의 무지로 인하여 일종의 도박을 할 수밖에 없는 경우가 생긴다. 인간 같지도 않은 최하질의 인간에게도 기회는 주어져야 한다고 생각하는 이들과 그런 기회는 환상이라고 여기는 이들 중에서 누가 옳은지는 어떤 사실, 어떤 이론으로도 판가름할 수 없다. 그러나 이 마지막 경계선 위에서, 오늘날의 유럽에서 사형을 실시하는 것이 시의 적절한 것인지 아닌지를 평가해봄으로써 사형 제도 지지론자와 반대론자 사이의 기나긴 대립을 어쩌면 극복할 수 있을지도 모르겠다. 자격은 훨씬 모자라겠지만 나는 스위스 법학자인 장 그라방Jean Graven 교수의 다음과 같은 요청에 찬성을 표하고 싶다. 그는 1952년에 사형 제도 문제에 관한 탁월한 연구 보고서에서 이렇게 썼다.

……우리의 양심과 이성에 다시금 제기되는 이 문제를 놓고 우리는 과거의 개념 · 문제 · 논리에 근거하지도, 미래의 이론적인 희망이나 약속에 근거하지도 말고 오직 현재의 이념 · 여건 · 필요성에 근거하여 그 해결 방법을 찾아야 한다고 생각한다.[42]

사실 사형 제도의 장점과 폐해에 관해서는 수세기에 걸쳐 별의별 측면에서 끝없이 논란을 벌일 수 있다. 그러나 사형 제도는 지

---

42) 《범죄학 및 기술 경찰지Revue de Criminologie et de Police technique》 특별호(제네바, 1952).

금 여기서 어떤 역할을 담당하는 것이므로 우리는 지금 여기서, 현대의 사형 집행인의 면전에서, 우리의 입장을 명확히 정해야 한다. 반세기 전 사람들에게 현재의 사형 제도가 무슨 의미가 있겠는가?

간단히 말해서 우리 문명은 이런 형벌 제도를 어떤 의미에서는 정당화할 수도 있었던 유일한 가치를 상실했고 오히려 그 제도의 폐지를 불가피하게 만드는 병을 앓고 있다고 할 수 있다. 달리 말하면 우리 사회의 양식 있는 구성원들은 논리적으로 보나 현실적으로 보나 사형 제도의 폐지를 요구해야 마땅하다는 뜻이다.

먼저 논리상의 이유를 살펴보자. 한 인간에게 결정적인 처벌을 가하는 것은 곧 그 사람이 행실을 고칠 기회를 절대로 갖지 못하도록 못 박는 처사다. 되풀이해 말하지만, 바로 이 점에서 두 주장이 날카롭게 대립하는데, 이런 대립으로부터는 결국 결론이 나오지 않는다. 그런데 바로 우리 중 어느 누구도 이 점에 관하여 칼로 자르듯이 결단을 내릴 수 없다는 사실이 중요하다. 우리 모두가 심판관이며 동시에 당사자이기 때문이다. 우리에게 남을 죽일 권리가 있는지 없는지의 불확실성과 우리가 서로를 설득하지 못하는 무능함이 바로 여기서 생겨나는 것이다. 절대적으로 결백하지 않은 최고 재판관은 결코 있을 수 없다. 그런데 우리는 모두 사는 동안에 어느 정도의 잘못을 범한다. 그 잘못이 법망에 걸리지 않는 범죄라서 남에게 알려지지 않는다고 하더라도 그렇다.[43] 정의로운 사람들

---

43) (옮긴이주) 소설 《전락》에서, 물에 빠져 죽어가는 여인이 비명을 지르는 장면을 참조할 것.

이란 없고 다만 정의에 있어서 마음이 더 혹은 덜 가난한 사람들이 있을 뿐이다. 살다 보면 적어도 이 점을 깨닫게 되고, 우리가 한 모든 행위 전체에다가, 우리가 이 세상에 뿌린 악을 부분적으로나마 보상할 수 있는 약간의 선을 덧붙일 수 있게 된다. 살 권리는 악행을 보상할 기회와 일치한다. 이 살 권리는 인간 모두의 자연스러운 권리다. 극악무도한 인간에게도 그런 권리는 있어야 한다. 가장 악한 죄인과 가장 공명정대한 재판관이 여기서는 똑같이 가엾고 서로 연대해 있어서 나란히 서게 된다. 이러한 권리가 없다면 엄밀한 의미에서 도덕적인 삶이란 불가능하다. 특히 우리 중 그 누구도 어느 한 사람이 가망이 없다고 단념해서는 안 된다. 그 사람이 죽어서 그의 삶이 운명으로 변하고 그리하여 최종적 심판이 내려지고 난 뒤라면 몰라도 말이다. 그러나 그가 죽기 이전에 결정적인 심판을 내리는 것, 채무자가 아직 살아 있는데 계산이 끝났다고 선언해버리는 것은 어떤 인간의 권리에도 속하지 않는 일이다. 이러한 한계점에서 보면, 적어도 절대적인 판결을 내리는 사람은 절대적으로 스스로에게 유죄 판결을 내리는 셈이 된다.

게슈타포를 위하여 일했던 마쥐 일당의 베르나르 팔로Bernard Fallot는 자신이 범한 끔찍한 많은 범죄를 모두 시인한 후 사형 선고를 받고 대단히 용기 있게 죽었다. 그 스스로가 자신이 사면을 받을 수 없다고 말했다. 그는 감옥의 동료에게 말했다. "내 손은 피로 물들어 너무나 벌겋다네."[44] 여론과 판사들의 의견으로는 그는 확

---

44) 장 보코냐노Jean Bocognano, 《야수들의 동네, 프렌 감옥Quartier des fauves, prison de Fresnes》(Éditions du Fuseau).

실히 교화될 수 없는 자들에 속하는 인물이었다. 다음과 같은 놀라운 증언을 읽지 않았더라면 나도 그렇게 생각했을 것이다. 그는 같은 동료에게 용기 있게 죽고 싶다고 선언한 후 이렇게 말했다고 한다. "내가 뼈저리도록 한스럽게 생각하는 것이 무엇인지 말해줄까? 그건 말이야! 지금 내가 들고 있는 이 성경을 좀더 일찍 알지 못했다는 것일세. 성경을 좀더 일찍 알았더라면 결단코 지금 이 지경이 되지는 않았을 거야." 그 무슨 상투적인 표상을 내세우자는 것도 아니고 빅토르 위고식의 착한 도형수 얘기를 상기시키자는 것도 아니다. 이른바 계몽주의 시대에는 인간이 본질적으로 선하다는 구실로 사형 폐지를 주장했었다. 물론 인간은 선하지 않다. 인간은 그보다 더 악하거나 그보다 더 선하다. 기막힌 20년 역사를 겪고 난 지금 우리는 그것을 잘 알고 있다. 우리 중 어느 누구도 절대적인 심판자로 자처할 수 없으며 최악의 죄인이라 해도 결정적으로 제거되어야 한다고 선고할 수 없는 것은 인간이 본질적으로 선하지 않기 때문이다. 우리 중 어느 누구도 절대적 결백을 자신할 수 없으니 말이다. 사형 선고는 누구도 부인할 수 없는 인간 사이의 유일한 연대 의식을 끊어놓는다. 즉 죽음에 맞선 연대 의식 말이다.[45] 그러므로 사형 선고는 인간을 초월하는 어떤 진리나 원칙에 의해서만 정당화될 수 있다.

사실 사형은 수세기에 걸쳐 항상 종교적 차원의 형벌이었다. 사형은 땅 위에서 신의 대리자였던 왕의 이름으로, 혹은 신부들에 의

---

45) (옮긴이주) 죽음에 맞선 인간의 연대 의식은 《반항하는 인간》의 여러 주제 중 하나다.

하여, 아니면 신성한 집단으로 간주되는 사회의 이름으로 가해졌다. 이런 경우, 사형에 의하여 단절되는 것은 인간 사이의 연대 의식이 아니라 유일하게 그에게 생명을 부여할 수 있는 신성한 공동사회에 대한 죄인의 소속 관계다. 지상의 생명이 그에게서 박탈된다 하더라도 보상의 기회는 남아 있다. 진정한 심판은 이승에서는 선고되지 않았다. 그것은 저 세상에서 선고될 것이다. 따라서 종교적 가치와 특히 영생에의 믿음이야말로 유일하게 사형의 근거가 될 수 있다. 그 자체의 논리에 따르건대 그런 가치와 믿음만이 사형이 결정적이고도 회복 불가능한 것이 되는 것을 막아주기 때문이다. 그러고 보면 사형은 최고형이 아닌 한에서만 정당화된다.

예를 들면 가톨릭 교회는 언제나 사형 제도의 필요성을 인정해왔다. 다른 시대에 가톨릭 교회는 스스로 적잖은 사형을 과해왔다. 오늘날까지도 교회는 사형 제도를 정당시하고 국가가 사형 적용의 권리를 가지고 있음을 인정한다. 비록 그 입장에 미묘한 뉘앙스의 차이가 있기는 하지만 거기서는 어떤 뿌리 깊은 감정을 찾아볼 수 있다. 1937년 국무원에서 사형 제도에 관한 토론이 있었을 때 스위스 프리부르의 국무위원은 바로 그런 감정을 직접적으로 표현한 바 있다. 그랑 의원에 따르면 아무리 극악무도한 죄인이라도 집행이 임박해오면 반성을 한다고 한다.

죄인은 회개한다. 그럼으로써 사형에 임할 준비가 용이해진다. 교회는 신도 한 명을 구제했고 교회의 그 신성한 임무를 완수한 것이다. 바로 그러한 이유로 교회는 언제나 사형 제도를 승인해왔다. 정당 방위의 수단으로서뿐만 아니라 강력한 구원의 수단으로서[46]……교회가 사형을 교회의 것으로 삼고자 하지는 않지만 사형 제도는 전쟁처럼 거의 신적인 효과를 바랄 수 있는 것이다.

아마 같은 논리에 근거하여 프리부르의 사형 집행인의 칼날에는 "예수 그리스도여, 당신이 심판자이십니다"라는 말이 새겨져 있었던 것이다. 이렇게 되면 사형 집행인은 어떤 신성한 임무를 부여받은 격이 된다. 집행인은 어느 누구도 미리 내릴 수 없는 신의 심판에 한 인간의 영혼을 넘겨주기 위하여 육신을 파괴하는 인간이다. 그러나 이러한 공식들은 어쩌면 상당히 어처구니없는 혼동을 야기한다고 생각할 수도 있다. 예수의 가르침만으로 만족하는 사람에게 있어서는 이 그럴듯한 칼날은 그리스도의 위상에 가하는 또 하나의 훼손인 것이다. 1905년에 어느 러시아 사형수가 러시아 황제의 사형 집행인들에 의하여 교수형에 처해지기 전에 내뱉은 저 무서운 말은 바로 이러한 관점에서 이해할 수 있다. 그는 그리스도의 성상을 가지고 자신을 위로하려고 온 신부에게 단호하게 말했다. "물러서시오. 신성 모독의 죄를 저질러서는 안 됩니다." 잘못된 법으로 인한 저 감동적인 희생자를 자기들 신앙의 중심 대상으로 삼고 있는 사람들이라면 적어도 합법적인 살인 앞에서 주저하는 태도를 보여야 한다는 생각을 신앙을 갖지 않은 자 역시 갖지 않을 수 없다. 한편 율리아누스 황제가 스스로 개종하기 전까지는, 기독

---

46) 강조는 저자.

교도들이 사형 선고를 내리거나 그 일을 거들기를 거부했다는 이유로 그들에게 공무를 맡기려 하지 않았다는 사실을 기독교 신앙인들에게 상기시킬 수도 있을 것이다. 그러니까 500년 동안 기독교도들은 주님의 엄격한 도덕적 가르침은 살인을 금지하는 것이라고 믿었던 것이다. 그러나 가톨릭 신앙은 그리스도 한 개인의 가르침에서만 자양분을 얻는 것이 아니다. 성 바오로와 여러 교부들의 가르침, 그리고 구약 성서에서도 자양분을 얻는다. 특히 영혼의 불멸성과 육신의 전적인 부활은 기독교 교리에 속하는 말들이다. 그러고 보면 신자에게 사형이란 결정적인 심판을 미결 상태로 남겨둔 잠정적인 형벌인 것이다. 사형은 단지 지상의 질서에만 필요한 조치이며 죄인의 문제를 매듭짓는 것이 아니라 오히려 죄인의 속죄를 돕는 어떤 행정적인 조치라고 할 수 있다. 모든 신자들이 다 그렇게 생각한다고는 말하지 않겠다. 가톨릭 신자들이 모세나 성 바오로보다는 그리스도와 더욱 가까울 수 있음을 이해하기는 어렵지 않다. 나는 다만 영혼 불멸에 대한 믿음 때문에 가톨릭교가 사형 문제를 대단히 다른 의미로 제시하고 또 그것을 합리화할 수 있게 되었다는 사실을 지적하고자 할 따름이다.

그러나 우리가 현재 살고 있는 이 사회, 제도나 풍습에 있어서 신성이 사라져버린 사회에서 이런 정당화가 무슨 의미가 있을 것인가? 무신론자나 회의론자 혹은 불가지론자인 재판관이 신앙을 갖지 않은 사형수에게 사형을 가한다면 그것은 다시는 고칠 수 없는 결정적인 형벌을 가하는 것이 된다. 그럴 권리도 없으면서, 더욱이 그럴 의사도 없으면서 그는 신의 자리에 올라앉는 것이다.[47] 요컨대 조상들이 영원한 삶을 믿었기 때문에 그는 살인을 하는 것이다. 그는 사회를 대표하여 살인을 한다. 그러나 그가 대표하는 사회가 실은 순전한 제거 조처를 선고하고 있으며, 죽음과 맞서 한 덩어리가 된 인간 공동체를 파괴하고, 사회 스스로 절대적 가치를 가지려 드는 것이다. 왜냐하면 그 사회가 절대 권력을 주장하고 있기 때문이다. 물론 사회는 전통에 따라 사형수에게 사제를 파견한다. 신부는 당연히 형벌에 대한 공포심이 죄인을 개종시키는 데 도움이 되기를 바랄 수 있다. 그러나 흔히 이와는 전혀 다른 정신에서 이런 계산에 따라 가하고 받는 형벌의 정당성을 과연 누가 인정할 수 있겠는가? 두려움을 느끼기 전에 믿음을 갖는 것과 두렵기 때문에 신앙을 얻는 것은 전혀 별개의 것이다. 불길이나 단두대 칼날의 위협을 통한 개종은 언제나 믿을 만한 것이 못 된다. 우리는 교회가 신앙을 갖지 않은 자들을 공포심으로 이기려 드는 것을 포기했다고 생각할 수 있다. 어쨌든 신성이 사라진 사회는 그 사회 스스로 공공연히 무관심을 내보이는 터인 개종으로부터 아무것도 얻어낼 것이 없다. 사회는 신성한 형벌을 선고하면서 거기서 구실과 유용성을 제거한다. 사회는 마치 사회가 덕성 자체인 듯이 스스로의 망상에 사로잡혀 그 안에 있는 사악한 자들을 당당하게 제거한다. 어느 성실한 사람이 탈선한 자신의 아들을 죽이고서 이렇게 말하는 것과 같다. "정말이지, 더 이상 어쩔 수가 없었습니다." 사회는 마치

---

47) 배심원단이 판결에 앞서 "신과 나의 양심 앞에⋯⋯"라는 공식을 앞세운다는 것은 잘 알려진 바다.

그 자체가 조물주라도 되는 듯이 선별할 권리를 스스로 만들어 지니면서 마치 스스로 속죄자 그리스도나 되는 듯이 그 제거 행위에 엄청난 고통을 덧보탠다.

어쨌든 한 인간이 절대적으로 악하기 때문에 절대적으로 사회에서 제거되어야 한다고 주장한다는 것은 다시 말하면 사회가 절대적으로 선하다는 뜻이 된다. 그러나 분별 있는 사람이라면 아무도 오늘날 사회가 그렇다고 믿지 않는다. 그렇게 생각하지 않을뿐더러, 오히려 그 반대라고 생각하기가 더 쉬울 것이다. 우리의 사회가 그토록 사악하고 범죄적이 된 것은 사회가 궁극적 목적임을 자처했기 때문일 뿐이며, 사회가 자기 보존이나 역사상의 성공 이외에는 아무것도 존중하지 않았기 때문일 뿐이다. 사회에서 신성이 사라진 것은 분명하다. 그러나 사회는 19세기에 찬양의 대상으로 자처함으로써 종교의 대용품이 되기 시작했다. 진화론과 그에 수반되는 선별 사상은 사회의 미래를 최종 목표로 삼았다. 이러한 학설들에 접목된 정치적 유토피아는 시간의 종말에 이르면 황금 시대가 온다고 보았는데 그 황금 시대야말로 미리 모든 시도를 합리화하는 것이었다. 사회는 그 미래를 위해 봉사할 수 있는 것이라면 무엇이든지 합리화하는 데 습관이 되었고 그 결과 극형을 절대적인 방식으로 행사하는 데 습관이 되었다. 그때부터 사회는 사회가 지상에서 세우는 계획과 이론을 거스르는 것은 뭐든지 죄악과 신성모독으로 간주했다. 달리 말하자면 사형 집행인이 신부에서 공무원으로 변한 것이다. 그 결과는 우리 주변에 널려 있다. 그 정도가 정도인지라 사형을 내릴 권리를 당연히 상실해버린 이 사회는 이제 현실주의적인 이유로 그 제도를 폐지해야 마땅할 것이다.

그러면 범죄 면에서 우리 문명은 어떻게 정의될 수 있을까? 대답은 간단하다. 지난 30년 동안 국가 범죄는 개인 범죄를 훨씬 앞질렀다. 피도 가장 독한 술처럼 결국에 가서는 사람을 중독시키는 일종의 알코올이긴 하지만 나는 지금 전면전이건 국지전이건 전쟁을 말하는 것이 아니다. 국가에 의하여 직접적으로 죽음을 당한 개인의 수는 천문학적인 비율에 이르렀으며 개인적인 살인의 수치를 훨씬 앞지르고 있다. 일반범의 수는 점점 줄어들고 있으나 정치범의 수는 점점 증가하고 있다. 그리고 보면 우리 각자는 아무리 정직하다고 해도 어느 날 사형 선고를 받을 가능성이 있다고 생각해볼 수 있다. 20세기 초에만 해도 이런 가능성이 말도 안 되는 것으로 보였을 것이다. 그러나 지금은, 알퐁스 카르Alphonse Karr가 우스갯소리로 한 "살인자님들께서는 이제 살인을 시작해주십시오"라는 말이 더 이상 아무런 의미가 없다. 가장 피를 많이 흐르게 하는 자들은 법과 논리와 역사를 손아귀에 쥐고 있다고 믿는 자들이다.

그러므로 우리 사회는 개인으로부터 방어하는 것 이상으로 국가로부터 자신을 방어해야 한다. 30년이 지난 후에 이 비율이 뒤집어질 가능성은 있다. 그러나 당분간은 우선 정당 방위로 국가와 맞서야 한다. 정의와 가장 현실적인 시기성으로 볼 때 법은 편파성과 교만함의 광기에 빠진 국가로부터 개인을 보호하지 않으면 안 된다. '국가는 사형 제도부터 폐지하라', 이것이 오늘날 우리 모두의 외침이 되어야 할 것이다.

예로부터 유혈을 수반하는 법은 풍습을 피로 물들인다고 했다. 그러나 어떤 사회에서는 온갖 무질서들에도 불구하고 풍습이 결코 법만큼 피를 많이 흘릴 수는 없는 치욕적 상태가 있을 수 있다. 유럽의 절반이 이러한 상태를 겪고 있다. 우리 프랑스인들은 그런 상태를 겪었고 다시 한번 겪게 될 우려가 있다. 나치 점령 당시의 여러 가지 처형 사건들은 해방 직후의 또 다른 처형을 불러왔고, 이렇게 처형된 이들의 동료들은 다시 복수를 꿈꾸고 있다. 다른 곳에서는 너무 많은 범죄의 짐을 진 국가들이 그들의 죄를 보다 더 큰 집단 학살 속에 묻어버릴 준비를 하고 있다. 사람들은 신격화된 한 민족이나 한 계급을 위해서 살인을 한다. 신격화된 미래 사회를 위해서도 살인을 한다. 무엇이든 다 안다고 생각하는 자는 무슨 짓이든 다 할 수 있다고 상상하는 법이다. 절대 신앙을 요구하는 지상의 우상들은 지칠 줄 모르고 절대적인 형벌을 선고한다. 그리하여 초월이 없는 종교는 희망이 없는 사형수들을 대량으로 죽이고 있다.

그러니 모든 수단을 동원하여 국가의 억압으로부터 개인을 옹호하기로 결심하지 않는다면 이 반세기 동안의 유럽 사회가 어떻게 살아남을 수 있겠는가? 한 인간을 살해하는 것을 금지시키는 것은 국가나 사회가 절대적인 가치가 아님을 선언하는 것이 되며, 국가나 사회에 법을 결정적으로 정하거나 돌이킬 수 없는 일을 하도록 허용해주는 것은 아무것도 없다고 포고하는 것이다. 사형 제도가 없었더라면 가브리엘 페리Gabriel Péri[48]와 브라지야크Robert

---

48) (옮긴이주) 공산주의 투사이며 국회의원인 가브리엘 페리Gabriel Péri는 1941년 12월에 독일군에게 총살당했다.

Brasillach는 아마 지금쯤 우리와 같이 살아 있을지도 모른다. 그랬더라면 우리는 우리의 의사에 따라 그들을 심판할 수 있었을 것이고, 우리가 지금 그들로부터 심판당하며 할 말을 잃고 있는 대신에 그들을 우리가 당당하게 심판할 수 있었을 것이다. 사형 제도가 없었더라면 라이크Laszlo Rajk[49]의 시체 때문에 헝가리가 곤란을 겪지 않았을 것이고 죄를 덜 지은 독일은 유럽으로부터 보다 나은 대접을 받았을 것이며 러시아 혁명이 수치스러움 속에서 목숨을 다하지 않았을 것이고 알제리에서 흘린 피가 우리의 양심을 이토록 짓누르지 않았을 것이다. 결국 사형 제도가 없었더라면 유럽은 고갈된 땅에 20년 전부터 시체를 쌓아놓고 고약한 냄새를 풍기지 않았을 것이다. 우리 대륙에서는 민족뿐만 아니라 개인 간에도 공포심과 증오심 때문에 모든 가치들이 전복되고 말았다. 사상 투쟁은 교수대의 밧줄과 단두대의 칼날 밑에서 벌어진다. 이제는 인간적이고 자연적인 사회가 탄압의 권리를 행사하는 것이 아니라, 이념이 지배하며 인간의 희생을 요구한다. 그래서 누군가는 "처형대가 우리에게 주는 모범이란, 인간을 죽이는 것이 유용하다고 믿게 될 때 인간의 삶은 더 이상 신성하지 않게 된다는 사실이다"라고 썼다.[50] 아무리 보아도 사람을 죽이는 것은 점점 더 유용해지는 것 같고, 그 모범은 점점 더 널리 보급되고 전염은 여기저기로 더욱 멀리 파급되는 것 같다. 사형 제도와 더불어 허무주의라는 무질서가 널

---

49) 헝가리 공산당 서기이며 장관이었던 라이크Laszlo Rajk는 1949년 라코시 집권 당시에 처형당했고 1956년 10월에는 명예가 회복되었다.

50) 프랑카르Francart.

리 퍼진다. 그러니 어떤 극적인 조처를 취하고 제 원칙과 제도에 있어서 인격이 국가보다 우위에 선다는 것을 선언해야 한다. 개인에게 가해지는 사회적 힘의 압박을 감소시키는 조처를 취하면 유혈 사태로 고통을 당하고 있는 유럽의 충혈을 완화시킬 수 있을 것이며, 그 유럽이 좀더 바르게 사고하고 치유를 향하여 한 걸음 나아갈 수 있을 것이다. 유럽의 병은 아무것도 믿지 않으면서 모든 것을 다 안다고 주장하는 데 있다. 그러나 유럽은 모든 것을 다 알지는 못한다. 천만의 말씀이다. 우리의 반항이나 소망에 비추어보건대 유럽은 무엇인가를 믿고 있다. 어떤 신비스러운 한계선상에서는 인간의 극단적인 비참함이 극도의 위대함과 통한다는 것을 유럽은 믿고 있는 것이다. 대다수의 유럽인들은 신앙심을 상실했다. 신앙심과 더불어, 그 신앙심에 의하여 합리화되던 형벌 제도의 정당성도 상실되었다. 그러나 또한 대다수의 유럽인들은 신앙심을 대신하는 것으로 자처하는 국가에 대한 우상 숭배 또한 혐오한다. 이제부터는 확신과 불확신의 중간에서 절대로 압박을 가하지도 압박을 당하지도 않기로 결심하고서, 우리는 우리의 희망과 동시에 무지를 인정하고, 절대성을 띤 법과 불가역적인 제도를 거부해야 할 것이다. 우리는 진저리가 난 나머지 어떤 극악무도한 범죄인은 종신 징역을 살아 마땅하다고 말한다. 그러나 그 죄인에게 그의 미래를, 다시 말해서 속죄라는 우리의 공통된 기회를 박탈당해야 한다고 선고할 만큼 진저리가 난 것은 아니다. 내일의 통합된 유럽에서는 앞서 말한 이유로 인해서 사형 제도의 엄숙한 폐지가 우리 모두가 희망하는 유럽법의 제1조가 되어야 할 것이다.

18세기의 인도주의적 목가로부터 피로 물든 처형대에 이르는 길은 곧게 뻗어 있으며, 오늘날 사형 집행인은 인본주의자라는 것을 누구나 다 알고 있다. 그러므로 사형 제도 같은 문제에 있어서 인도주의적 이념은 단단히 경계해야 할 것이다. 따라서 결론을 맺는 의미에서, 내가 사형 제도에 반대하는 데 이유가 되는 것은 인간의 타고난 선에 대한 환상도 아니고 앞으로 다가올 황금 시대에 대한 믿음도 아님을 되풀이하여 말해두고 싶다. 오히려 온당한 비관주의, 논리, 현실주의 같은 이유로 인해 사형 폐지가 반드시 필요하다고 여겨진다. 내 말에 감성적인 측면이 전혀 없는 것은 아니다. 직접적으로 혹은 간접적으로 처형대와 관련된 문헌, 기억, 사람들을 접하면서 여러 주일을 보내본 사람이라면 도저히 이 끔찍한 행렬 속에 처음 들어왔을 때의 상태 그대로 나갈 수는 없는 것이다. 그렇다고 해서 내가 이 세계에는 책임감이라고는 조금도 없다고 여긴다거나, 희생자와 살인자를 똑같은 혼동 속에 뒤섞어 죄를 사해주는 이 현대식 경향에 굴해야 한다고 생각하지는 않는다는 점을 다시 한번 말해두고 싶다. 순전히 감상적인 이런 혼동은 관대함보다는 비겁함에서 나오는 것이며, 결국은 이 세상 최악의 것을 정당화하고 만다. 너무 찬양만 하다[51] 보면 노예 수용소, 비열한 힘, 조직화된 사형 집행인들, 정치적인 대(大)괴물들까지도 찬양하게 된다. 결국은 자기 형제까지 넘겨준다. 그런 일을 우리 주변에서 볼 수 있다. 바로 그렇기 때문에 현 상태의 세상에서 20세기의 인간은 회복

---

51) (옮긴이주) 소설집 《적지와 왕국》에 실린 〈배교자〉를 참조할 것.

기의 법과 제도를 요구하는 것이다. 인간을 구속하지만 파괴하지는 않고 인간을 인도하되 짓누르지는 않는 법과 제도를 말이다. 역사의 고삐 풀린 역동성 속에 내던져진 인간은 어떤 물리학과 몇 가지 균형의 법칙을 필요로 한다. 간단히 말하여 인간이 필요로 하는 것은 이성의 사회일 뿐, 자신의 교만함과 과도한 국가 권력으로 인하여 빠져 드는 무정부 사회가 아니다.

사형 폐지는 우리가 이 같은 사회의 길로 나아가는 데 도움이 되리라고 나는 확신한다. 프랑스는 솔선수범함으로써 철의 장막 이쪽과 저쪽에서 아직 이 제도를 폐지하지 않은 국가들에까지 폐지를 제안할 수 있을 것이다. 그러나 어쨌든 프랑스는 시범을 보일 필요가 있다. 그렇게 해서 사형은 강제 노동으로 대치될 수 있을 것이며, 개전의 여지가 없다고 판단되는 죄인들은 종신형에, 그 밖의 죄인들은 단기 혹은 장기 징역에 처하면 될 것이다. 그 형벌이 사형보다도 더 가혹하다고 주장하는 사람들에게는, 그들이 그 형벌을 랑드뤼Henri Desire Landru처럼 괴물 같은 인간들에게만 국한하여 부과하고 사형은 부차적인 죄인들에게 적용하자고 제안하지 않은 것이 이상하다고 대답하면 될 것이다. 또한 그들에게는, 강제 노동은 죄수에게 죽음을 선택할 기회를 주는 반면에 단두대는 돌아올 길을 영원히 막아버리고 만다는 사실을 상기시켜줄 필요가 있다. 반대로 강제 부역이 너무 가벼운 형벌이라고 생각하는 사람들에게는, 우선 그들에게 상상력이 부족하다는 사실을 지적해주고, 그 다음에는 그들의 눈에 자유의 박탈이 대수롭지 않은 형벌로 보이는 것은 바로 현대 사회가 우리에게 자유를 우습게 알도록 가르쳤기

때문이라고 대답하면 될 것이다.[52]

카인은 죽임을 당할 것이 아니라 사람들이 보도록 영원한 벌의 상징을 간직하고 있으라, 이것이야말로 굳이 복음서를 일컫지 않더라도 우리가 구약 성서로부터 이끌어내어야 할 교훈이다. 모세의 율법[53]의 잔인한 모범들에서 교훈을 얻기보다는 차라리 그편이 낫다. 어쨌든, 우리 국회가 아직도 사형 폐지라는 문명적인 대조치를 통하여 결정적으로 알코올에 관한 표를 만회할 수 있는 상황에 아직은 놓여 있지 않다면 한시적인, 예를 들어 10년 동안에 걸친 실험을 시도해보지 못할 것도 없다. 만약 진정으로 여론과 국민의 대표들이 교정 불가능한 것은 제거해버리는 이 게으른 법을 포기할 수 없다면, 르네상스와 진실의 날이 올 때까지 우리는 적어도 법이 우리 사회를 더럽히는 저 "엄숙한 도살장"[54]으로 전락하도록 방치하지는 말아야 한다. 현재 적용되고 있는 사형은, 비록 적용되는 경우가 대단히 드물다고 하더라도, 구역질나는 도살 행위이며

---

52) 1791년 3월 31일에 국민의회에서 발표된 국민 대표 뒤퐁 의원의 사형 제도에 관한 보고서를 참조할 것. "쓰리고 들볶는 듯한 마음에 사형수는 애가 탑니다. 그에게 가장 두려운 것은 휴식입니다. 휴식이란 그가 자신과 단둘이 남게 되는 상태인 것입니다. 사형수가 끊임없이 죽음에 반항하거나 아니면 거꾸로 죽음을 달라고 하는 것은 그런 상태에서 벗어나기 위해서입니다. 외로움과 양심, 이것이 바로 그에게는 진짜 형벌입니다. 이것이야말로 그대들이 살인범에게 어떤 벌을 주게 될 것인지, 그가 가장 민감하게 느끼게 될 벌이 어떤 것인지를 우리에게 말해주는 것이 아니겠습니까? 질병을 치료하는 약은 그 질병의 성질 속에서 구해야 하는 것 아니겠습니까?" 마지막 문장은 내가 강조한 것이다. 이 한 문장이야말로 별로 알려진 바 없는 이 국민 대표를 현대 심리학의 진정한 선구자로 만들어주고 있다.

53) (옮긴이주) '눈에는 눈, 이에는 이'라는 것을 말한다.

54) 타르드Jean-Gabriel de Tarde.

인간의 인격과 육체에 가해지는 능욕이다. 몸뚱이에서 머리를 잘라내기, 뿌리 뽑힌 채 여전히 살아 있는 저 머리, 길게 뿜어져 솟구치는 저 피는 모독적인 구경거리를 통해서 국민에게 충격을 주겠다고 생각했던 야만 시대에서 비롯된 것이다. 이렇게 비열한 살인이 남몰래 행해지는 오늘날 이러한 형벌은 무슨 의미를 지니는가? 사실 우리는 핵 시대에 와서도 저울을 쓰던 시대처럼 사람을 죽이고 있다. 정상적인 감수성을 지닌 사람이라면 이렇게 상스러운 외과 수술은 생각만 해도 구토를 일으키지 않을 수 없을 것이다. 프랑스가 스스로를 억제하고 유럽 전체에 필요한 치료법들 중의 하나를 제공해줄 능력을 갖추지 못했다면 우선 사형 제도를 실시하는 행정적 방식부터 개혁해야 한다. 사람을 죽이는 데 그토록 도움이 되는 과학이라면 적어도 그 살인을 점잖게 행하는 데 쓰일 수 있을 것이다. 꼭 죽여야만 한다면, 마취제로써 사형수를 잠재웠다가 죽음의 단계로 넘어가게 할 수도 있을 것이다. 마취제를 사형수가 쓰고 싶을 때 자유롭게 쓸 수 있도록 적어도 하루 동안 그의 손에 미치는 곳에 남겨두도록 하고, 혹시 사형수가 그것을 나쁜 의도로 사용하거나 아예 사용하지 않을 경우에는 또 다른 형식으로 그에게 복용시킨다면 그를 제거하는 목적을 이루면서도 오늘날 비열하고 추잡한 과시밖에 하지 못하는 이 제도에 약간의 품위를 더할 수 있을 것이다.

우리의 미래를 짊어진 이들에게 지혜와 진정한 문명이 끝내 주어지지 않고 있다는 점에서 나는 그와 같은 타협안을 제시하는 것이다. 어떤 사람들에게는(이런 사람들의 수는 의외로 많다), 사형 제도가 진정으로 어떤 것인지 알면서도 그것의 적용을 막지 못한다는 것은 진정 견딜 수 없는 일이다. 이들도 나름대로 형벌을 받고 있는 셈이다. 이것은 부당한 일이다. 적어도 이들의 마음을 짓누르는 추악한 이미지들의 무게를 덜어줄 필요가 있다. 그렇게 해도 사회로서는 잃을 게 아무것도 없다. 그러나 결국 그것으로는 부족할 것이다. 죽음이 불법이 되지 않는 한 개인의 가슴속에도, 사회의 풍속에도 항구적인 평화는 없을 것이다.

독일 친구에게 보내는 편지

사람은 어느 한 극단으로 쏠림으로써가 아니라
양 극단에 동시에 닿음으로써
자신의 위대함을 보여준다.

파스칼

편집자의 말

이 편지 중 첫 번째 편지는 1943년《르뷔 리브르*Revue Libre*》제2호에, 두 번째 편지는 1944년 초《카이에 드 리베라시옹*Cahiers de Libération*》 제3호에 발표되었다. 다른 두 편지는《르뷔 리브르》에 싣기 위해 쓴 것 이지만 해방이 될 때까지 발표되지 않은 채 남아 있었다. 세 번째 편지는 1945년 초에 주간지《리베르테*Libertés*》에 실렸다.

르네 레노에게

이탈리아어 판에 부치는 서문

《독일 친구에게 보내는 편지*Lettres à un ami allemand*》는 2차 세계대전 후 독일의 점령에서 해방된 프랑스에서 적은 부수로 출간되었을 뿐 그 이후 한 번도 재판된 적이 없었다. 나는 항상 이 글이 프랑스 이외의 다른 나라에서 보급되는 것에 반대해왔다. 그 이유는 차차 이야기하겠다.

이 편지들이 프랑스 영토 밖에서 출간되는 것은 이번이 처음이다. 우리 두 나라 영토를 갈라놓고 있는 어리석은 국경을 언젠가는 무너뜨리는 데 나도 나름대로 기여하고 싶다는 욕구가 없었더라면 이번 출간을 결심하지 못했을 것이다.

그러나 이 편지들이 어떤 성질의 것인지를 설명도 하지 않은 채 재판을 찍도록 내버려둘 수는 없는 일이다. 이 글들은 비밀리에 쓰이고 출간되었다. 이 편지들에는 한 가지 목적이 있었다. 그것은 우리가 벌였던 맹목의 전투가 어떤 것인가를 다소나마 밝혀보고 그렇게 함으로써 그 전투를 좀더 효과적인 것이 되도록 하는 것이었다. 이것은 당시의 상황에 맞추어 쓴 글이므로 불공평하다는 인상을 줄 수도 있다. 사실 패전 독일에 대해서 쓰는 글이었다면 말이 다소 달라졌을 것이다. 나는 다만 혹시 생길지도 모르는 한 가지 오해에 대비해 설명을 해두고 싶다. 이 편지를 쓰는 필자가 '당신들'이라는 표현을 쓸 때 그것은 '당신네 독일인들'이 아니라 '당신네 나치 당원들'을 두고 하는 말이다. 그리고 '우리'라는 표현을 쓸 때 그것은 항상 '우리 프랑스인들'이 아니라 '우리 자유로운 유럽인들'을 의미하는 것이다. 내가 대립시켜서 생각하는 것은 두 국가가 아니라 두 가지 태도다. 비록 역사의 어느 시점에서 두 나라가 서로 적대적인 다른 태도를 취하기는 했지만 말이다. 나는 내 나라를 너무나도 사랑하기에 민족주의자가 될 수는 없다. 그 반대로 나는 프랑스나 이탈리아가 개방을 통해서 좀더 넓은 사회가 된다고 해도 전혀 잃을 것이 없다는 것을 잘 알고 있다. 그러나 우리는 아직도 그 사실을 잘 알아차리지 못하고 있으며 유럽은 여전히 찢겨진 상태다. 바로 그렇기 때문에 한 프랑스 작가가 오직 어느 한 나라의 적이 될 수 있다고 여겨지도록 내버려둔다는 것은 나로서는 부끄러운 일이 될 것이다. 나는 오직 사람 죽이는 일을 업으로 삼는 자들을 미워할 따름이다. 이러한 관점에서, 다시 말해 폭력과 맞서 싸우는 투쟁의 한 기록으로서 〈독일 친구에게 보내는 편지〉를 읽어줄 독자가 있다면 그는 내가 이 편지의 내용 중 어느 한마디도 부인하지 않는다고 지금도 말할 수 있음을 인정해줄 것이다.

첫 번째 편지

당신은 내게 말했습니다. "우리나라의 위대함은 값으로 따질 수 없는 것입니다. 그 위대함을 이룩하는 것이라면 무엇이든 좋은 것입니다. 의미 있는 것이라곤 아무것도 없어져버린 세상에서 우리 독일 젊은이들처럼 조국의 운명에서 의미를 발견하는 행운을 가진 사람들은 조국에 모든 것을 바쳐야 합니다." 그때 나는 당신을 사랑했습니다. 그러나 그때 이미 우리는 갈라서고 있었습니다. 나는 당신에게 말했지요. "아닙니다. 나는 자신이 추구하는 목적에 모든 것을 다 바쳐야 한다고는 생각할 수 없습니다. 세상에는 용서받을 수 없는 수단들이 있습니다. 정의를 사랑하면서 동시에 나라도 사랑하고 싶습니다. 나라를 위해서라면 피와 거짓으로 이루어진 위대함이라 해도 다 좋다며 무조건 위대함을 바랄수는 없습니다. 나는 정의를 살림으로써만 조국을 살리고 싶습니다." 그러자 당신은 내게 말했어요. "그렇다면 당신은 당신의 나라를 사랑하지 않는군요."

벌써 5년 전의 일입니다. 그때 이후로 우리는 갈라졌습니다. 그 오랜 세월 동안(당신에게는 너무나도 짧고 너무나도 번개같이 지나간 세월이었겠지요!) 나는 단 하루도 당신의 말을 잊어본 적이 없습니다. "당신은 당신의 나라를 사랑하지 않는군요!" 오늘에 와서 이 말을 생각할 때면 나는 어쩐지 목이 메는 것을 느낍니다. 그렇습니다. 나는 내 나라를 사랑하지 않았습니다. 우리가 사랑하는 것 속에 정의롭지 못한 것이 있을 때 그것을 고발하는 것이 사랑하지 않는 것이라면, 그리고 사랑하는 사람이 우리가 그에 대해 지니고 있는 가장 아름다운 모습에 값하는 존재이기를 요구하는 것이 사랑하지 않는 것이라면 말입니다. 5년 전에 프랑스에서는 많은 사람들이 나와 같이 생각했습니다. 그들 중 어떤 사람들은 이미 독일 사람들의 저 쏘아보는 운명적인 열두 개의 까만 눈들[55] 앞에 가 서 있었습니다. 당신의 말대로라면 자기 나라를 사랑하지 않았던 이 사람들은 당신이 당신의 나라를 위해서라도 결코 하지 못했을 일을 자기 나라를 위해서 했습니다. 당신이 당신의 조국을 위해서 백번은 생명을 바칠 기회가 있더라도 결코 하지 못했을 일을 자기 나라를 위해서 했습니다. 그들은 먼저 자기 자신을 이겨내야 했기 때문입니다. 그것이 바로 그들의 영웅주의였습니다. 그러나 여기서 내가 하려는 말은 두 가지 종류의 위대함에 대한 것이며, 또한 내가 당신에게 해명하지 않으면 안 될 어떤 모순에 대한 것입니다.

---

55) (옮긴이주) 여기서 운명적인 '까만 눈들'이란 바로 독일인들이 겨누는 열두 개의 총구를 비유적으로 표현한 것이다.

상황이 허락한다면 우리는 곧 다시 만나게 될 것입니다. 그러나 그때 우리의 우정은 끝이 나버릴 것입니다. 당신은 철저히 패배하고 말겠지만 그래도 과거의 승리를 부끄러워하지 않겠지요. 오히려 납작하게 눌려버린 자의 온 힘을 다하여 과거의 승리를 그리워하겠지요. 오늘, 아직 나는 정신적으로 당신 곁에 있습니다. 내가 당신의 적인 것은 사실이지만 아직 조금은 당신의 친구입니다. 이렇게 내 모든 생각을 당신에게 털어놓고 있으니까요. 내일이면 그것도 끝일 것입니다. 당신의 승리가 착수하지도 못했던 것을 당신의 패배가 완성할 것입니다. 그러나 적어도 서로 무관심의 시련을 겪기에 앞서 나는 당신이 전쟁을 통해서도 평화를 통해서도 우리나라의 운명 속에서 깨닫지 못한 것에 대한 명확한 생각 한 가지를 당신에게 남겨주고 싶습니다.

나는 먼저 우리가 어떤 종류의 위대함을 위하여 행동하고 있는지를 당신에게 말해주고자 합니다. 그것은 우리가 갈채를 보내는 용기가 어떤 것인지를 말하는 것입니다. 그러나 그것은 당신의 용기가 아닙니다. 오래전부터 준비가 되어 있을 경우, 그리고 생각하는 것보다 달려 나가는 것에 더 소질이 있을 경우, 불이 난 곳으로 달려간다는 것은 그리 대수로운 일이 아니니까요. 반면에, 증오와 폭력이 그 자체로서는 무용한 것임을 똑똑히 알면서도 고문과 죽음을 향하여 나아간다는 것은 대단한 일입니다. 전쟁을 경멸하면서 투쟁한다는 것은, 행복에 대한 열망을 간직하고 있으면서도 모든 것을 다 잃을 각오를 한다는 것은, 보다 더 나은 문명에 대한 생각을 지니고 있으면서도 파괴를 향하여 내달린다는 것은 대단한 일입니다. 이 점에서 우리는 당신들보다 더한 일을 하고 있는 것입니다. 우리는 우리 스스로 책임을 져야 하기 때문입니다. 당신들에게는 마음에도, 지성에도 극복해야 할 것이 아무것도 없었습니다. 그러나 우리에게는 두 가지 적이 있었습니다. 그러하기에 억제해야 할 것이 아무것도 없는 당신들과는 달리 우리는 무기를 가지고 승리하는 것으로는 충분하지 못했습니다.

우리에게는 억제할 것이 많았습니다. 우선 당신들과 닮은 짓을 하고 싶은 유혹부터 뿌리쳐야 했습니다. 우리 마음속에는 항상 지성이 시키는 것을 모른 체하고 오직 효율성만을 중시하여 본능에 휩쓸려버리고 싶은 무엇인가가 있으니 말입니다. 거창한 덕목들이 마침내 우리를 지치게 하고 마는 것입니다. 지성은 우리를 부끄럽게 합니다. 때로 우리는 그다지 힘들이지 않고도 진리를 손에 넣을 수 있을 것만 같은 그 어떤 행복한 야만 행위를 상상해보기도 합니다. 그러나 이 점에 있어서, 치유는 쉽습니다. 당신들이 눈앞에서 그런 상상이 어떤 것인지를 구체적으로 보여주고 있으니 말입니다. 그래서 우리는 다시 정신을 차리고 일어납니다. 내가 역사의 그 무슨 숙명론을 믿는 사람이었다면 우리의 잘못된 생각을 고쳐주기 위하여 당신들이 지성의 심부름꾼으로서 우리 곁에 지켜 서 있는 것이라는 억측을 했을지도 모릅니다. 이렇게 우리는 깨어나 정신을 차립니다. 맑은 정신 속에서 우리는 더 편안해졌습니다.

그러나 우리는 또한 영웅주의에 집착하고 있지 않나 하는 의혹을 이겨내야 했습니다. 당신은 우리가 영웅주의와 무관하다고 생각한다는 것을 나는 알고 있습니다. 당신 생각은 틀렸습니다. 우리는 다만 영웅주의를 표방하는 동시에 경계하는 것입니다. 10세기에 걸친 역사를 통하여 고귀한 모든 것을 알게 되었기 때문에 우리는 그것을 표방합니다. 10세기에 걸친 지성을 통하여 예술을, 그리고 자연스러운 것의 이로움을 배웠기 때문에 우리는 그것을 경계합니다. 당신 앞에 모습을 나타내기 위하여 우리는 먼 곳에서 돌아와야 했습니다. 그래서 우리는 유럽 전체에 비하여 지각을 한 것입니다. 유럽 전체가 그럴 필요가 있을 때는 곧장 거짓을 향하여 몰려들었는데 우리는 진실을 찾는 일에 정신을 팔고 있었으니 말입니다. 바로 그래서 우리는 우선 당신들에게 패배부터 당하기 시작했던 것입니다. 당신들이 우리에게 덤벼들고 있는데 과연 정당한 권리가 우리에게 있는지를 마음속으로 헤아려보는 일에 골몰하고 있던 우리는 말입니다.

우리는 인간에 대한 호의적 관심을, 평화로운 운명에 대하여 간직하고 있던 이미지를, 그 어떤 승리도 이익이 되지는 못한다는 깊은 신념을 억눌러버려야 했습니다. 인간에 대한 그 어떤 훼손도 일단 저질러지고 나면 다시는 돌이킬 수 없는데도 말입니다. 우리는 우리의 앎과 희망을, 우리가 지닌 사랑해야 할 이유들을, 전쟁에 대한 증오를 동시에 다 포기해야 했습니다. 당신이 손잡고 악수하기를 좋아하던 나의 입에서 나오는 말이기에 당신이 잘 이해할 것 같은 한마디로 간단히 말해보자면, 우리는 우리의 뜨거운 우정을 잠재워야 했습니다.

이제 그 일은 이루어졌습니다. 우리는 먼 길을 우회해야 했습니다. 그래서 많이 늦어졌습니다. 그것은 진실을 향한 양심이 지성에 요구하고 우정을 향한 양심이 마음에 요구하는 우회입니다. 바로 이 우회가 정의를 수호했고 마음속으로 의문을 던지는 사람들 편에 진실이 있게 한 것입니다. 분명 우리는 그 우회를 위하여 매우 비싼 대가를 치렀습니다. 굴욕으로, 침묵으로, 쓰라린 경험으로, 옥살이로, 처형의 아침들로, 버림받음으로, 헤어짐으로, 매일매일의 굶주림으로, 못 먹어 마른 아이들로, 그리고 무엇보다도 강제 수용소의 형벌로 그 대가를 치렀습니다. 그러나 그것은 당연한 일이었습니다. 우리에게 인간을 죽일 권리가 있는 것인지, 이미 충분할 만큼 가혹한 이 세상의 비참함에 또 다른 비참함을 덧보태도 되는 것인지 알기 위해서 우리에게는 그 모든 시간이 필요했던 것입니다. 그리하여 바로 그 잃었다가 되찾은 시간, 감수했다가 극복해낸 패배, 피의 대가를 치르고 간직한 양심 덕분에 이제 우리 프랑스인들은 우리가 깨끗한 손으로——이건 확신에 찬 피해자의 깨끗함입니다——전쟁에 휘말렸으며, 역시 깨끗한 손으로——그러나 이번에는 불의와 우리 자신에 맞서서 거두어들인 위대한 승리의 깨끗함입니다——전쟁에서 벗어나려 하고 있다고 믿을 권리를 갖게 되었습니다.

 과연 우리는 승리할 것이니까요. 당신도 그 점을 의심치 않을 테지요. 그러나 우리가 승리자가 된다면 그것은 바로 그 패배 덕분이고 우리의 이유들을 찾아가는 그 기나긴 도정 덕분이며 부당하다고 느꼈지만 동시에 우리에게 교훈을 주었던 그 고통 덕분일 것입니다. 우리는 거기서 모든 승리의 비밀을 배웠습니다. 언젠가 그 비결을 잃어버리지 않는다면 우리는 최후의 승리를 맞보게 될 것입니다. 예전에 가끔 생각하던 것과는 달리, 정신이 검을 당할 수는 없지만 검과 힘을 합친 정신은 한갓 검일 뿐인 검에 대해서 영원한 승리자가 될 수 있다는 사실을 우리는 거기서 배웠습니다. 그렇기 때문에 정신이 우리 편임을 확신하고 난 우리가 이제 검을 뽑아 들기로 작정한 것입니다. 그러기 위해서 우리는 사람들이 죽는 것을 보아야 했고 스스로 죽음의 위험을 무릅써야 했습니다. 어느 프랑스인 노동자가 이른 아침에 단두대를 향해 감옥 복도를 걸어나가며 동지들의 감방 문 앞을 지날 때마다 용기를 내라고 부르짖는 모습을 보아야 했습니다. 그리고 결국 정신을 지키기 위해서는 우리의 육체가 고문을 당해야 했습니다. 사람은 스스로 대가를 지불한 것만을 제대로 소유하는 법입니다. 우리는 비싼 대가를 지불했고 앞으로 더 지불하게 될 것입니다. 그러나 우리에게는 우리의 확신과 이유들과 정의가 있습니다. 그러므로 당신들의 패배는 피할 길이 없습니다.

나는 결코 진실 자체만의 위력을 믿은 적이 없습니다. 그러나 같은 힘을 들였을 경우 진실이 거짓을 눌러 이긴다는 사실을 아는 것부터가 이미 대단한 일입니다. 우리는 바로 그 어려운 균형에 도달한 것입니다. 오늘날 우리는 이 미묘한 뉘앙스에 의지하여 투쟁하고 있는 것입니다. 그리고 우리는 바로 이 뉘앙스를 위하여, 그러나 인간 자체와 다를 바 없이 중요한 뉘앙스를 위하여 투쟁하고 있는 것이라고 나는 말하고 싶습니다. 우리는 희생과 신비주의를, 정력과 폭력을, 힘과 잔혹함을 구별짓는 그 미묘한 뉘앙스를 위하여, 그리고 진실과 거짓을 구별짓고 우리가 기대하는 인간과 당신들이

섬기는 신을 구별짓는 가장 미묘한 뉘앙스를 위하여 투쟁합니다.

이것이 바로 내가 당신에게 말하고자 했던 바입니다. 이해 관계를 초월해서가 아니라 그 충돌 속에서 말입니다. 이것이 바로 아직도 내 머리를 떠나지 않고 있는, "당신은 당신의 나라를 사랑하지 않는 군요"라는 당신의 말에 대한 나의 대답입니다. 그러나 당신에게 분명히 해두고 싶습니다. 프랑스는 권능과 지배력을 상실했고 이 상태는 오래갈 것 같습니다. 모든 문화가 필요로 하는 위용을 되찾으려면 오랫동안의 필사적인 인내심과 주의 깊은 저항이 필요하리라고 생각됩니다. 그러나 프랑스는 순수한 이유들 때문에 이 모든 것을 상실한 것이라고 나는 믿습니다. 그렇기 때문에 나는 희망을 잃지 않습니다. 이것이 내 편지가 의미하는 모든 것입니다. 5년 전에 자기 나라에 대해 그렇게도 미온적인 태도를 취한다고 당신이 한심하게 여겼던 그 사람, 바로 그 사람이 오늘 당신에게, 그리고 우리 세대의 모든 유럽과 세계의 사람들에게 이렇게 말하고 싶은 것입니다. "나는 자랑스럽고 인내심 깊은 나라의 사람입니다. 이 나라는 수많은 오류와 약점들에도 불구하고 그 위대함의 근본인 생각을, 언제나 그 국민이, 때로는 그 엘리트가 끊임없이 더 낫게 다듬어 가지려고 노력하는 생각을 잃어버리지 않았습니다. 우리나라는 4년 전부터 그 역사의 전 과정을 다시금 밟기 시작했으며, 무너진 잔해 속에서 새로운 역사를 만들 준비를, 특별한 성공의 수단도 손에 쥐지 못한 채 운명을 걸고서 게임에 임할 준비를 의연하고 확실하게 하고 있습니다. 나는 그런 나라의 국민입니다. 내 나라는 나의 어렵고 까다로운 사랑으로 사랑할 가치가 있습니다. 이 나라를 위해 투쟁할 가치가 틀림없이 있다고 나는 확신합니다. 보다 숭고한 사랑을 받을 자격이 있기 때문입니다. 반대로 당신의 나라는 그 국민으로부터 그 나라에 합당한 사랑, 즉 맹목의 사랑밖에는 받을 자격이 없다고 나는 말할 수 있습니다. 아무 사랑이든 사랑만 받으면 다 정당화되는 것은 아닙니다. 당신은 이 점에서 패한 것입니다. 그런데 가장 혁혁한 승리를 거둘 때 이미 패배한 당신이었으니, 이제 다가오고 있는 패배 속에서 당신은 과연 어떻게 되겠습니까?"

1943년 7월

두 번째 편지

나는 이미 확신에 찬 어조로 당신에게 편지를 쓴 바 있습니다. 헤어져 있던 5년을 초월하여 나는 왜 우리가 가장 강자인지 당신에게 말했습니다. 그것은 우리의 이유를 찾아 헤매었던 그 우회 때문이고 우리의 권리에 대한 불안으로 인한 그 지각(遲刻) 때문이며 우리가 사랑하는 모든 것을 화합시키고자 하는 그 터무니없는 욕망 때문입니다. 그러나 이 문제는 되새겨볼 만한 가치가 있습니다. 이미 당신에게 말했듯이, 우리는 이 우회에 대한 대가를 비싸게 치렀습니다. 우리는 불의를 무릅쓰기보다는 차라리 무질서가 더 낫다고 생각했습니다. 그러나 동시에 그 우회가 오늘날 우리의 힘이 되고 있습니다. 그 우회를 통해서 우리는 승리에 다가가고 있습니다.

그렇습니다. 나는 당신에게 이 모든 이야기를 한 줄도 빼지 않고 붓 가는 대로 확신에 찬 어조로 말했습니다. 또한 그것은 그 점에 대하여 생각할 시간이 내게 있었기 때문이기도 합니다. 명상은 밤에 이루어집니다. 3년 전부터 당신들은 우리의 도시들과 마음속에 밤을 만들어놓았습니다. 3년 전부터 우리는 캄캄한 어둠 속에서 생각을 계속해왔습니다. 그 생각이 오늘 당신들 앞에서 무기가 되어 모습을 드러냅니다. 이제 나는 당신에게 지성에 대하여 말할 수 있습니다. 오늘 우리가 지닌 확신은 모든 것이 보상되고 설명된다는 확신이며 지성도 용기에 부응하는 확신이기에 말입니다. 내게 지성에 대해 경솔하게 이야기하던 당신이었으니, 지성이 그렇게 먼 곳으로부터 되돌아와서 돌연 역사 속으로 다시 진입하는 것을 보고 대단히 놀랐을 것입니다. 바로 여기서 나는 당신을 향해 돌아서기로 하겠습니다.

나중에 이야기하겠지만, 마음속에 확신이 생긴다고 해서 반드시 마음이 가벼워지는 것은 아닙니다. 이 자체가 이미 내가 당신에게 쓰는 모든 글에 그 나름의 의미를 부여합니다. 그러나 먼저 당신과 당신에 대한 추억, 그리고 우리의 우정을 정리해두고 싶습니다. 아직 그렇게 할 수 있을 때, 거의 끝나가는 우정을 위하여 할 수 있는 단 한 가지를 하고 싶습니다. 나는 그 우정의 본질을 분명히 해두고 싶은 것입니다. 당신이 때때로 내게 불쑥 내뱉곤 했던 말, 그래서 내 머리를 떠나지 않던, "당신은 당신의 나라를 사랑하지 않는군요"라는 말에는 이미 대답을 했습니다. 오늘은 다만 당신이 지성이라는 말을 듣자 참을 수 없다는 듯 지었던 비웃음에 답하고자 합니다. 당신은 내게 말했습니다. "프랑스는 지성에 흠뻑 빠진 나머지 스스로를 부인합니다. 당신네 지성인들은 조국보다 때로는 절망을, 때로는 가당치도 않은 진리의 탐구를 더 좋아합니다. 그러나 우리는 절망을 초월하여 진리보다 독일을 우선시합니다." 아마도 그것은 사실인 것 같습니다. 그러나 당신에게 이미 말했듯이, 때때로 우리가 조국보다도 정의를 더 사랑하는 것으로 보였던 것은, 다만 진실과 희망 속에서 조국을 사랑하고자 했듯이 정의 속의 조국을 사랑하고자 했기 때문입니다. 바로 그런 점에서 우리는 당신들과 견해를 달리했고 바로 그런 점에서 우리의 요구가 좀더 까다로웠던 것입니다. 당신들은 당신네 조국의 힘에 봉사하기로 했지만 우리는 우리의 조국에 진실을 부여하기를 꿈꾸었습니다. 당신들은 현실의 정치에 봉사하는 것으로 만족한 반면에, 우리는 최악의 미망 속에서도 어렴풋이나마 어떤 명예의 정치를 생각하고 있었습니다. 이제 우리는 그것을 되찾았습니다. 내가 '우리'라고 할 때 그것은 우리 정부를 일컫는 것이 아닙니다. 정부란 별로 중요한 것이 아닙니다.

당신의 비웃는 모습이 눈에 보이는 듯합니다. 당신은 언제나 말을 경계합니다. 나도 역시 그렇습니다만, 내가 경계하는 것은 오히려 나 자신입니다. 당신은 당신 자신이 접어들었던 길로, 지성이 지성을 부끄러워하는 길로 나를 밀어 넣으려고 했습니다. 그때 이미 나는 당신을 따르지 않았습니다. 그러나 오늘 나의 대답은 더욱 단호해질 것 같습니다. 당신은 진실이 대체 무엇이냐고 묻곤 했지요? 그럴 겁니다. 그러나 우리는 적어도 거짓이 어떤 것인지는 알고 있습니다. 거짓은 당신들이 우리에게 가르쳐준 바로 그것입니다. 정신이란 무엇일까요? 우리는 무엇이 그것의 반대인지 압니다. 살인입니다. 인간이란 무엇일까요? 이 질문에는 대답하지 않아도 좋습니다. 우리가 알고 있으니까요. 폭군과 신을 결국은 버리고 마는 힘이 바로 인간입니다. 그것은 자명함의 힘입니다. 우리가 보존해야 할 것은 인간적인 자명함입니다. 이제 우리의 확신은 인간의 운명과 우리나라의 운명이 서로 연결되어 있다는 사실에서 나옵니다. 만약 의미 있는 것이 아무것도 없다면 당신의 생각이 옳을지도 모릅니다. 그러나 세상에는 의미 있는 무엇인가가 있습니다.

당신에게 아무리 되풀이해 말해도 지나치지 않습니다만, 바로 여기서 우리는 당신들과 생각을 달리하는 것입니다. 우리가 우리나라에 대하여 품고 있는 생각은 우정, 인간, 행복, 정의를 갈구하는 우리의 욕망 같은 다른 여러 가지 위대함들의 한가운데에다가 우리조국의 자리를 찾아 놓으려는 것이었습니다. 그래서 우리는 우리나라에 대하여 준엄한 태도를 가지게 되었던 것입니다. 결국 우리가 옳았습니다. 우리는 우리나라에 노예를 만들어 바치지도 않았고 나라의 가치를 떨어뜨리지도 않았습니다. 우리는 사태를 분명히 파악할 수 있기를 참을성 있게 기다렸고 그리하여 빈곤과 고통 속에서도 동시에 우리가 사랑하는 모든 것을 위해 싸울 수 있는 기쁨을 얻었습니다. 반대로 당신들은 조국 이외의 모든 인간적인 몫과 맞서서 싸웁니다. 당신들의 희생은 아무 보람이 없는 것입니다. 왜냐하면 가치의 우선 순위가 잘못되어서 당신들이 중시하는 가치들이 제자리를 찾지 못하고 있기 때문입니다. 당신들의 세계에서 뜻대로 되지 않는 것은 마음만이 아닙니다. 지성도 앙갚음을 합니다. 당신들은 지성이 요구하는 대가를 치르지 않았습니다. 명철한 판단에 깊은 주의를 기울이지도 않았습니다. 패배의 밑바닥으로부터 나는 당신에게 말할 수 있습니다. 바로 여기서 당신들은 진 것이라고.

차라리 이야기를 하나 하겠습니다. 프랑스의 어느 곳, 내가 아는 한 감옥에서 이른 아침에 무장한 병사들이 운전하는 트럭 한 대가 공동묘지로 열한 명의 프랑스 사람들을 싣고 갑니다. 공동묘지에서 당신네들이 그들을 총살하기로 되어 있는 것입니다. 그 열한 명 중 대여섯 명은 정말 그럴 만한 어떤 일을 했습니다. 즉 전단을 뿌렸고 몇 차례 비밀 회합을 가졌으며 무엇보다도 당신들을 거부했습니다. 그들은 트럭 안에서 꼼짝 않고 있습니다. 물론 공포에 사로잡힌 채 말입니다. 그러나 감히 말하건대 그것은 미지의 사태 앞에 놓인 인간이면 누구나 느끼는 흔한 공포감, 용기를 가지고 감당하게 되는 그런 공포감입니다. 나머지 사람들은 아무 짓도 하지 않았습니다. 그래서 뭔가 착오로 인하여 죽게 되었다는, 어쩌면 어떤 무관심 때문에 희생될 처지에 놓였다는 생각 때문에 그들에게는 이 시간이 더욱더 견딜 수 없는 것이 됩니다. 포로들 중에는 16세 된 아이가 하나. 그런 나이 또래의 우리 청소년들이 어떤 모습인지는 당신도 잘 알 테니 구태여 설명하지 않겠습니다. 그는 심한 공포에 사로잡혀 부끄러운 줄도 모른 채 온통 떨고만 있습니다. 경멸의 미소를 짓진 마십시오. 그는 두려운 나머지 이를 딱딱 마주치고 있습니다. 그런데 당신들은 그의 곁에 형무소 부속 사제를 데려다 놓았습니다. 포로들이 자신들을 기다리는 잔혹한 시간을 덜 무겁게 느끼도록 해주는 것이 그의 임무지요. 곧 죽음을 당할 사람들에게 미래의 삶에 대한 대화는 아무런 도움이 되지 않는다는 것이 내 생각입니다. 구덩이 속에 한꺼번에 묻혀버리는 것으로 모든 것이 다 끝장나지는 않는다고 믿기란 너무나 어려운 일입니다. 그래서 트럭 속의 포로들은 말이 없습니다. 부속 사제는 트럭 한구석에 처박혀 앉아 있는 아이를 돌아봅니다. 이 아이는 자기의 말을 더 잘 알아들을 것 같습니다. 아이는 신부의 말에 대답을 하고 그 목소리에 매달립니다. 희망이 되살아납니다. 침묵 속에서 끔찍한 일이 진행되고 있을 때는 어쩌다가 누군가 말을 하기만 해도 그 사람이 모든 것을 다 해결해줄 것만 같아지는 것입니다. 아이가 말합니다. "나는 아무 짓도 안 했어요." 사제가 말합니다. "그래. 하지만 이제는 그런 건 중요하지 않단다. 죽음을 잘 맞이하도록 준비를 해야지." "제 말을 못 알아듣다니 정말 알 수가 없네요." "난 네 친구란다. 그러니 난 너를 이해해. 하지만 늦었구나. 네 곁에 있어주마. 하느님도 함께 계신단다. 두고 봐. 어렵지 않을 테니." 아이는 고개를 돌려버립니다. 신부는 하느님 이야기를 합니다. 아이가 그 말을 믿을까요? 네, 그는 믿습니다. 그래서 그는 자기를 기다리고 있는 평화에 비하면 아무것도 중요한 것이 없음을 깨닫습니다. 그러나 아이가 두려워하는 것은 바로 그 평화인 것입니다. "난 네 친구란다" 하고 신부는 되풀이해 말합니다.

다른 사람들은 아무 말이 없습니다. 그들 생각도 해야 합니다. 사제는 잠시 아이에게서 등을 돌리고 말이 없는 그들 무리에게로 다가갑니다. 트럭은 이슬에 젖어 축축한 도로 위로 나직하게 무언가를 삼키는 듯한 소리를 내며 천천히 굴러갑니다. 그 흐릿한 시간, 이른 아침의 사람 냄새, 눈에 보이지는 않아도 수레가 덜컹거리는 소리나 새들이 지저귀는 소리로 짐작할 수 있는 시골 풍경 등을 상상해보십시오. 아이가 몸을 웅크리며 기대자 방수포가 약간 처집니다. 아이의 눈에 방수포와 차체 사이의 좁은 구멍이 보입니다. 원한다면 그리로 뛰어내릴 수 있을 것입니다. 신부는 등을 돌리고 있고 앞쪽의 병사들은 새벽의 컴컴한 어둠 속에서 서로를 잘 알아보지 못한 채 서로를 유심히 쳐다보고만 있습니다. 아이는 생각할 것도 없이 방수포를 쳐들고 터진 구멍으로 미끄러지면서 뛰어내립니다. 그가 땅에 떨어지는 소리가 들릴락 말락 합니다. 길 위로 급한 발소리, 그러고는 아무 소리도 들리지 않았습니다. 달리는 그의 발소리는 흙 속에 파묻혀버립니다. 그러나 방수포가 펄럭거리는 소리가 들리고, 이어서 습하고 거센 아침 바람이 트럭 속으로 확 밀려들자 신부와 사형수들이 몸을 돌립니다. 한순간 신부는 말없이 자신을 뚫어져라 쳐다보고 있는 포로들의 얼굴을 바라봅니다. 이 하느님의 아들이 자신이 가해자들의 편인지 희생자들의 편인지 자기의 소명에 따라 결정을 내리지 않으면 안 되는 순간인 것입니다. 그러나 그는 이미 자신과 동료들을 갈라놓는 칸막이를 두드려버렸습니다. "아흐퉁!"[56] 비상이 걸립니다. 병사 두 명이 트럭 안으로 달려들어와 죄수들을 꼼짝 못하게 합니다. 다른 두 명은 땅바닥으로 뛰어내려서 들판을 가로질러 달립니다. 신부는 트럭에서 몇 발자국 떨어진 곳 아스팔트 위에 못 박힌 듯이 서서 짙은 안개 너머로 그들을 눈으로 쫓으려고 애씁니다. 트럭 안의 사람들은 그저 아이를 사냥하는 소리를 듣고 있을 뿐입니다. 숨죽여 외치는 소리가 들리고 총소리가 한 번 나고 침묵, 그 다음에는 또다시 좀더 가까운 곳

---

56) 'Achtung'은 주의, 비상, 차려 등을 의미하는 독일어.

에서 여러 명의 목소리, 끝으로 둔탁하게 발 구르는 소리가 들립니다. 아이는 도로 끌려왔습니다. 총을 맞지는 않았으나 붙잡혔고, 그 안개와 같은 적들에게 둘러싸여 갑자기 용기를 잃고 자포자기하고 있습니다. 간수들은 그를 데리고 온다기보다는 차라리 업고 옵니다. 아이는 얻어맞기는 했으나 많이 맞지는 않았습니다. 가장 중요한 일이 남아 있습니다. 그는 신부도, 어느 누구도 바라보지 않습니다. 신부는 운전병 옆에 올라탔습니다. 무장한 병사 한 명이 신부 대신에 트럭으로 들어와 앉았습니다. 차량 한구석에 내던져진 아이는 울지 않습니다. 방수포와 트럭 바닥 사이로 다시 길이 펼쳐지는 것을 바라보고 있습니다. 그 길 위로 해가 떠오르고 있습니다.

　나는 당신을 압니다. 그 다음이 어떻게 되었을지는 충분히 짐작할 수 있겠지요. 그러나 당신은 이 이야기를 누가 내게 해주었는지 알아야 합니다. 어느 프랑스인 신부였습니다. 그는 내게 말했습니다. "나는 그 신부 때문에 부끄럽습니다. 프랑스인 신부였다면 한 사람도 하느님이 살인을 거들도록 모시는 짓을 용납하지 않았을 거라고 생각하면 기쁩니다." 사실이었습니다. 그러나 그 부속 사제는 당신처럼 생각하고 있었습니다. 그에게는 신앙심마저 자기 나라에 봉사하는 것이 당연해 보였던 것입니다. 당신네 나라에서는 신들조차 전쟁에 동원된 것입니다. 당신 말처럼 신들은 당신들의 편이지만 그것은 강요당해서 그런 것입니다. 당신들은 이제 아무런 사리 분별도 하지 않는 하나의 충동에 지나지 않습니다. 그래서 당신들은 오직 맹목적인 분노라는 유일한 자원만을 가지고 싸우고 있습니다. 모든 것을 뒤죽박죽으로 뒤섞고 고정관념만을 따르려고 고집한 나머지, 사색의 명령을 따르기보다는 오히려 무기와 한바탕의 파괴에만 관심이 있는 것입니다. 그런데 우리는 지성과 망설임으로부터 출발했습니다. 분노에 맞서 싸울 힘이 우리에게는 없었습니다. 그러나 이제 우회가 완료되었습니다. 우리가 지성에 분노를 추가하게 되는 데는 한 어린아이의 죽음으로 충분했습니다. 그때부터 우리는 둘이서 하나의 적과 싸우게 되었습니다. 이제 당신에게 분노에 대하여 말하겠습니다.

기억하시겠지요. 당신의 상관 중 한 명이 갑자기 총에 맞는 것을 보고 내가 놀라자 당신은 내게 말했습니다. "그것 또한 좋은 일입니다. 당신은 이해하지 못하겠지요. 프랑스인들에게는 한 가지 덕목이 결여되어 있습니다. 바로 분노의 덕목이지요." 아닙니다, 그렇지 않습니다. 프랑스인들은 덕목에 관한 한 까다롭습니다. 꼭 필요한 미덕만 받아들입니다. 그렇게 함으로써 자신들의 분노에 침묵과 힘을 부여하게 됩니다. 당신은 그 침묵과 힘을 이제 겨우 느끼기 시작하고 있습니다. 끝으로, 나는 내가 알고 있는 단 하나의 분노인 바로 그런 분노를 느끼며 당신에게 이야기를 하려고 합니다.

이미 당신에게 말했듯이, 확신이 곧 마음의 즐거움은 아니니 말입니다. 우리는 이 오랜 우회 때문에 무엇을 잃었는지 압니다. 스스로 마음이 내켜서 떳떳이 투쟁한다는 이 매서운 기쁨의 값을 우리는 톡톡히 치르고 있습니다. 우리가 투쟁 속에서 믿음과 동시에 씁쓸함을 맛보는 것은 돌이킬 수 없는 것에 대하여 예민하게 느끼기 때문입니다. 우리는 전쟁이 만족스럽지 않았습니다. 우리의 이유들이 준비되어 있지 않았던 것입니다. 우리 민족이 선택한 것은 내전이었고 끈질긴 집단 투쟁이었고 설명이 필요 없는 희생이었던 것입니다. 우리 스스로 나서서 전쟁을 한 것이지 어리석고 비겁한 정부로부터 전쟁을 받아들인 것은 아닙니다. 우리 민족은 스스로 전쟁 속으로 들어갔고 스스로 품고 있는 어떤 생각을 위해서 투쟁합니다. 그러나 자청해서 가진 이 사치는 끔찍한 대가를 요구합니다. 이 점에서도 우리 민족은 당신의 민족보다 더 큰 자격이 있습니다. 이 민족의 가장 훌륭한 아들들이 쓰러지고 있으니 말입니다. 이것이 내가 하는 가장 잔인한 생각입니다. 전쟁이라는 어리석음 속에는 어리석음의 이득이 있습니다. 죽음은 도처에서 마구잡이로 후려칩니다. 우리가 수행하고 있는 전쟁에서는 용기가 저 스스로를 손가락질해 가리켜 보입니다. 당신들이 매일매일 총살하는 것은 우리의 가장 순수한 정신입니다. 당신들이 철없다 해도 무언가를 예감하지 못하는 것은 아니니 말입니다. 당신들은 어떤 좋은 것을 선정해야 하는지는 결코 알지 못했지만 무엇을 파괴해야 하는지는 알고 있었습니다. 그런데 정신의 옹호자로 자처하는 우리지만 우리는 정신을 짓밟는 힘이 충분히 강하게 되면 정신이 죽어버릴 수가 있음을 압니다. 그러나 우리는 또 다른 하나의 힘을 믿고 있습니다. 때때로 총탄을 퍼부어대면서 당신들은 저 말없는 얼굴들, 이미 이 세상에서 고개를 돌려버린 저 얼굴들 속에서 우리의 진실의 얼굴을 뭉개버린다고 생각하겠지요. 그러나 당신들은 시간과 더불어 싸우는 프랑스의 저 집요함을 계산에 넣지 않았습니다. 어려운 시기에 우리를 지탱하게 해주는 것은 이런 필사적인 희망입니다. 우리 동지들은 가해자들보다 더 참을성이 많고 총탄보다 더 수가 많을 것입니다. 보시다시피 프랑스인들도 분노할 줄 압니다.

1943년 12월

세 번째 편지

지금까지 나는 당신에게 우리나라에 대해 이야기했습니다. 당신은 처음에는 내 언어가 바뀌었다고 생각했을 수도 있습니다. 그러나 전혀 그렇지 않습니다. 단지 우리가 같은 말에 같은 의미를 부여하지 않았을 따름입니다. 우리는 더 이상 같은 언어를 쓰고 있지 않습니다.

말은 언제나 말이 야기하는 행위나 희생의 색조를 띱니다. 조국이라는 말은 당신네 나라에서는 피비린내를 풍기고 맹목적인 빛깔을 띱니다. 그런 빛깔 때문에 그것은 내게 언제까지나 낯선 말입니다. 반면에 우리는 같은 말 속에 지성의 불꽃을 담아놓았습니다. 그런 지성의 불꽃 속에서는 용기를 발휘하기가 더 어렵지만 적어도 인간이 스스로의 분수를 알게 됩니다. 이젠 드디어 이해했겠지요. 내 언어는 정말이지 결코 변하지 않았습니다. 1939년 이전에 내가 구사했던 말과 오늘날 당신에게 쓰는 말은 똑같습니다.

어쩌면 다음과 같이 고백한다면 당신에게 그 점을 보다 더 잘 보여줄 수 있을지도 모르겠군요. 끈질기고도 조용하게 우리나라만을 위해 일해온 그 모든 시간 동안에도 우리는 한 가지 생각과 희망을 결코 잃지 않고 마음속에 언제나 간직하고 있었습니다. 유럽에 대한 생각과 희망이 바로 그것입니다. 5년 전부터 우리가 그 이야기를 하지 않은 것은 사실입니다. 당신들이 유럽에 대한 이야기를 너무나 요란하게 하고 있었기 때문입니다. 이 문제에서도 우리는 같은 언어를 쓰고 있는 것이 아니었고 우리가 말하는 유럽은 당신들이 말하는 유럽이 아니었습니다.

그러나 그것이 무엇인지 말하기에 앞서, 적어도 말해두고 싶은 것이 있습니다. 우리가 당신들과 싸워야 하는(즉 우리가 당신들을 이겨야만 하는) 데에는 여러 가지 이유가 있지만 그중 가장 깊은 이유는, 우리가 팔, 다리를 잘렸고 생살을 두들겨 맞았을 뿐만 아니라, 당신들이 우리의 가장 아름다운 이미지들을 박탈하고 나서 세상에다 추악하고도 우스꽝스러운 모습만을 내보였음을 깨달았다는 데 있습니다. 우리에게 가장 고통스러운 것은 우리가 사랑하는 것이 왜곡되는 모습을 보는 일입니다. 당신들은 우리 가운데서 가장 뛰어난 사람들에게서 유럽에 대한 생각을 빼앗아다가 당신들이 선택한 불쾌하기 짝이 없는 의미를 거기에 부여했습니다. 그러므로 우리의 마음속에 유럽의 젊음과 힘을 간직하기 위해서 우리는 온 힘을 다하여 사려 깊은 사랑을 기울여야 합니다. 당신들이 노예 같은 군대를 '유럽군'이라고 부르면서부터 우리에게는 더 이상 사용하지 않는 형용사가 하나 생긴 것입니다. 그러나 그것은 그 말의 순수한 의미를 아껴 지키기 위한 것이었습니다. 우리에게 그 말은 변함없이 순수한 의미를 지니고 있습니다. 그 의미가 어떤 것인지를 이제 당신에게 이야기하려고 합니다.

당신들은 유럽을 이야기합니다. 그러나 당신들에게는 유럽이 소유의 대상인 반면, 우리는 우리가 그 유럽에 속해 있음을 느낀다는 차이점이 있습니다. 그래서 당신들은 아프리카를 잃은 날부터 유럽을 이야기합니다. 이런 종류의 사랑은 옳지 않습니다. 그 오랜 세월 동안의 발자취가 남은 이 땅이 당신들에게는 부득이하게 물러나 앉을 은신처에 지나지 않는 반면 우리에게 유럽은 언제나 최고의 희망이었습니다. 당신들의 너무나도 느닷없는 유럽 사랑은 원한과 필요에 의해서 나온 것입니다. 그런 감정은 누구에게도 명예로운 것이 못 됩니다. 이제 당신은 왜 유럽인이라고 불릴 자격이 되는 사람이라면 누구도 더 이상 그런 감정을 원하지 않았는지 이해가 되겠지요.

당신들은 입으로는 유럽을 말하지만 머릿속으로는 병사들의 땅, 곡식이 가득한 창고, 내 것으로 만들어버린 공장들, 길들임당한 지성을 생각합니다. 내가 너무 심하다고 생각합니까? 그러나 당신들이 유럽을 들먹일 때——그나마 가장 괜찮은 생각에서 그렇게 할 때도——, 당신들 스스로 거짓 속에 휘말려들 때 당신들이 지배자인 독일에 의하여 터무니없고 피로 물든 미래로 이끌려 가는 순종적인 국가들의 무리를 머릿속에 두고 있음을 적어도 나는 압니다. 당신이 이 차이점을 분명히 깨달았으면 합니다. 당신들에게 유럽은 산과 바다로 둘러싸이고 제방으로 가로막히고 탄광으로 파헤쳐지고 추수할 곡식으로 뒤덮인 그런 공간입니다. 독일도 그 일부를 이루지만 제일 중요한 문제는 오직 독일의 운명뿐이지요. 그러나 우리에게 유럽은 2,000년 전부터 인간 정신의 가장 경이로운 모험이 펼쳐지고 있는 영혼의 땅입니다. 유럽은 세계와 신과 서양인 자신에 대한 서양인의 투쟁이 오늘날 혼란의 절정에 달해 있는 대경기장입니다. 보십시오, 우리의 두 견해 사이에는 공통점이 없습니다.

당신을 공격하기 위해 내가 고루한 선전 주제들을 되풀이할까 염려하지는 마십시오. 나는 기독교 전통을 부르짖을 생각은 없습니다. 그건 또 다른 문제입니다. 당신들 역시 그것에 대해서 너무 많이 떠벌렸습니다. 당신들은 로마의 옹호자를 자처하면서 겁도 없이 그리스도를 광고에 이용했습니다. 그리스도가 밀고당하고 잔혹한 형벌에 처해졌던 날부터 습관을 붙이기 시작한 광고 말입니다. 그러나 기독교 전통이란 유럽을 형성한 여러 전통 중 하나에 불과합니다. 나는 당신 앞에서 기독교를 옹호할 자격이 없습니다. 그러려면 그 방면에 취미가 있어야 하고 하느님께 마음을 내맡길 수 있는 기질이 있어야 합니다. 나는 전혀 그렇지 못하다는 것을 당신도 압니다. 그러나 우리나라가 유럽을 대표하여 말을 하고 유럽의 한 나라를 옹호함으로써 유럽 전체를 옹호할 수 있다는 데 생각이 미치게 되면, 나도 나의 전통을 가지고 있다고 말할 수 있습니다. 그것은 몇몇 위대한 인물들의 전통임과 동시에 무궁한 한 민족의 전통입니다. 나의 전통에는 두 가지 정예(精銳)가 있습니다. 지성의 정예와 용기의 정예가 그것입니다. 그 전통 속에는 정신의 왕자들과 수없이 많은 백성이 있습니다. 몇몇 사람들의 타고난 천재와 평범한 백성들의 심오한 마음이 곧 국경인 이 같은 유럽이, 당신들이 잠정적인 지도 위에 덧칠하여 병합해놓은 그 얼룩과 과연 같은지 다른지 판단해보십시오.

생각나는지요. 어느 날 내가 분격하자 당신은 나를 놀리면서 말했습니다. "파우스트가 쳐부수려고 마음만 먹는다면 돈키호테 따위는 아무것도 아닙니다." 그때 나는 당신에게, 파우스트나 돈키호테나 서로를 정복하기 위해 만들어진 인물이 아니며, 예술은 세상에 악을 가져오기 위해 고안된 것이 아니라고 말했습니다. 그러자 당신은 좀 과장된 이미지들이 좋은지 이렇게 말을 이었습니다. 햄릿과 지크프리트 둘 중에서 하나를 선택해야 한다는 것이었습니다. 그 당시 나는 선택을 원하지 않았고, 무엇보다도 내게는 서양이 힘과 인식의 균형 이외의 다른 것으로 보이지 않았습니다. 그러나 당신은 인식을 비웃었습니다. 당신은 힘에 대해서만 이야기했습니다. 오늘에 와서 나는 나 자신을 더 잘 알게 되었거니와, 심지어 파우스트도 당신에게는 아무런 소용이 되지 못한다는 것을 압니다. 사실 어떤 경우에는 선택이 불가피하다는 것을 우리도 인정했으니까요. 그러나 선택이란, 그것이 비인간적이라는 자각 속에서 이루어지지 않았다면, 그리고 위대한 정신을 가진 사람들은 서로 갈라설 수 없다는 사실을 아는 상황에서 취해지지 않았다면 당신들의 선택과 마찬가지로 중요성이 없었을 것입니다. 그런 다음에 우리는 통일할 수 있을 것입니다. 그런데 당신은 그것을 결코 깨닫지 못했습니다. 아시겠지요. 언제나 같은 생각의 반복입니다. 우리는 먼 곳으로 우회하여 되돌아오고 있는 것입니다. 그러나 우리는 버티고 있을 권리를 갖기 위해서 대가를 비싸게 지불했습니다. 그래서 나는 당신들이 말하는 유럽은 옳은 것이 아니라고 말하는 것입니다. 당신들이 말하는 유럽에는 열광시킬 것이 아무것도 없습니다. 당신들은 원하지 않더라도 우리가 말하는 유럽은 지성의 바람 속에 우리 모두가 계속해나가야 할 공동의 모험입니다.

이야기를 이 이상 멀리 밀고 나가지는 않겠습니다. 함께 싸우는 기나긴 시간 동안에 틈틈이 짧은 휴식의 시간이 생길 때면, 나는 때때로 어느 길모퉁이에서 내가 잘 알고 있는 유럽의 저 모든 장소들을 생각하게 됩니다. 유럽은 고난과 역사로 이루어진 멋진 땅입니다. 나는 모든 서양인들과 함께 했던 저 순례의 길을 머릿속으로 다시 걸어봅니다. 피렌체의 수도원에 피어 있는 장미, 크라쿠프의 황금빛으로 물든 돔, 흐라트차니와 빛을 잃은 그 궁전들, 블타바 강을 건너지르는 카렐 대교의 뒤틀린 동상들, 잘츠부르크의 정교한 공원들을 그려봅니다. 인간들의 시간과 세계의 시간이 고목들과 기념물을 한데 어우러지게 뒤섞어놓은 그 모든 꽃들과 돌들, 그 언덕과 그 풍경들! 나의 추억은 겹쳐지는 그 모든 이미지들을 한데 녹여 단 하나의 얼굴을 만들어냅니다. 그것은 바로 나의 가장 위대한 조국의 얼굴입니다. 결연하고도 번민하는 그 얼굴 위에 몇 년 전부터 당신의 그림자가 드리워져 있다는 것을 생각하면 나는 가슴이 멥니다. 그렇지만 그러한 장소들 중 몇 군데는 당신과 내가 함께 본 적이 있는 곳입니다. 그때는 그 장소들을 당신으로부터 해방시켜야 할 날이 오리라고는 꿈에도 생각하지 못했습니다. 그리고 지금은 분노에 사로잡히고 절망에 찰 때면, 산마르코의 수도원에 아직도 장미가 피고 있고 잘츠부르크의 대성당에서는 비둘기가 떼를 지어 날아오르며 슐레지엔의 작은 공동묘지에서는 지칠 줄 모르고 붉은 제라늄이 피어날 수 있다는 사실이 유감스럽게 생각되기까지 합니다.

그러나 다음 순간에는——그 순간이야말로 진실된 순간입니다——그것이 기쁘게 생각됩니다. 그 모든 풍경들, 꽃들, 경작지들은, 세상의 땅 중에서도 가장 오래된 그 땅은 봄이 올 때마다 세상에는 당신들이 피 속에서 질식시키지 못하는 것이 있다는 사실을 증명해주기 때문입니다. 나는 이러한 이미지에서 글을 끝맺을 수 있습니다. 서구의 모든 위대한 영혼들과 30개 민족들이 우리 편이라고 생각하는 것만으로는 내게 충분하지 못할 것입니다. 나는 대지 없이는 지낼 수 없었습니다. 이리하여 풍경과 정신 등 유럽의 모든 것이, 광포한 증오심이 아니라 승리만이 갖는 고요한 힘을 가지고 태연히 당신들을 부인하고 있음을 나는 압니다. 유럽의 영혼이 당신들과 싸울 때 사용하는 무기는, 수확을 통하여, 피어나는 꽃잎을 통하여 끊임없이 소생하는 대지가 가지고 있는 바로 그 무기입니다. 우리의 투쟁에는 승리에 대한 확신이 있습니다. 봄의 희망을 믿는 집요함이 있기 때문입니다.

끝으로, 당신들을 물리치는 것으로 모든 것이 해결되지는 않으리라는 것을 나는 알고 있습니다. 그 뒤에도 유럽에는 할 일이 더 남아 있게 될 것입니다. 할 일은 항상 더 있을 것입니다. 그러나 적어도 유럽은 변함없이 여전한 유럽일 것입니다. 다시 말해 지금 막 묘사한 바의 그런 유럽일 것입니다. 아무것도 잃은 것은 없을 것입니다. 그보다는 지금의 우리를, 우리의 이유들을 굳게 믿으며, 우리나라를 사랑하며, 유럽 전체에 이끌려 들고 있는 우리를, 희생과 행복에의 향수, 정신과 칼의 힘 사이의 올바른 균형 속에 있는 우리를 한번 상상해보십시오. 이 말을 다시 한번 되풀이하는 것은 당신에게는 되풀이하여 말할 필요가 있기 때문이며, 이 말을 하는 것은 그것이 진실이기 때문입니다. 그리고 그 진실이 우리 사이에 우정이 싹튼 이래로 우리나라와 내가 거쳐온 길을 당신에게 보여줄 것이기 때문입니다. 이제부터 우리의 내면에는 어떤 우월성이 존재합니다. 그 우월성이 당신들을 멸망하게 할 것입니다.

1944년 4월

네 번째 편지

인간은 필멸의 존재다. 그럴지 모른다.
그러나 소멸하더라도 저항하면서 소멸하자.
그리고 우리를 기다리고 있는 것이 비록 허무라 할지라도
그것이 사필귀정이 되도록 하지는 말자!

《오베르만*Obermann*》, 편지 90.

이제 당신들에게 패배의 시간이 다가오고 있습니다. 나는
이 세상에서도 유명한 도시에서 글을 쓰고 있습니다. 이
도시는 당신들에게서 곧 되찾을 자유의 내일을 준비하고 있습니
다. 이 도시는 그 준비가 쉽지는 않다는 것을, 그리고 그에 앞서 4
년 전에 당신들이 왔을 때 시작되었던 밤보다도 더 어두운 밤을 또
거쳐야 한다는 것을 알고 있습니다. 내가 지금 편지를 쓰고 있는 이
도시는 모든 것을 빼앗겨 빛도 없고 불도 없이 굶주리고 있지만 여
전히 위축되지는 않았습니다. 머지않아 당신들이 미처 생각하지도
못한 바람이 일 것입니다. 운이 닿는다면 우리는 서로 마주하게 될
것입니다. 그리하여 우리는 투쟁의 까닭을 알고서 투쟁할 수 있을
것입니다. 나는 당신들이 내세우는 이유들을 정확히 파악하고 당
신들은 또한 나의 이유들을 충분히 짐작할 수 있겠지요.

7월의 이 밤들은 가벼운 동시에 무겁습니다. 센 강변과 숲 속에

서는 가볍고, 오래전부터 갈망하던 꼭 한 번의 새벽을 기다리는 사람들의 마음에는 무겁습니다. 나는 기다리면서 당신을 생각합니다. 마지막으로 할 말이 한 가지 더 있으니까요. 예전엔 그토록 서로 닮았던 우리가 오늘날 적이 되는 것이 어떻게 가능했는지, 어떻게 했어야 내가 당신의 편이 될 수 있었을지, 어째서 지금은 우리 사이에서 모든 것이 끝나버렸는지를 말하려고 합니다.

우리는 오랫동안 이 세계는 우월한 이성을 가지고 있는 것이 아니어서 우리는 불만 상태라고 생각했습니다. 어떤 의미에서 나는 아직도 그렇게 믿고 있습니다. 그러나 나는 당신이 그때 말했던 결론, 당신이 그리도 여러 해 동안이나 역사 속으로 끌어들이려고 애썼던 결론과는 다른 결론을 이끌어냈습니다. 만약에 내가 실제로 당신이 생각하는 바를 따랐다면 당신이 하고 있는 행동이 옳다고 인정할 수밖에 없다는 것이 오늘의 내 생각입니다. 그리고 이 점은 너무나도 심각한 것이므로, 우리에게는 약속으로 가득하고 당신들에게는 위협으로 가득한 이 한여름 밤에 잠시 그 문제를 깊이 생각해볼 필요가 있습니다.

당신은 이 세상에 의미가 있다고 믿은 적이 결코 없습니다. 거기서 당신은 모든 것은 동등한 가치를 가지고 있어서 선과 악은 각자가 원하는 바에 따라 규정된다는 생각을 이끌어냈습니다. 인간적, 혹은 신적인 윤리가 존재하지 않으므로 유일한 가치는 동물의 세계를 지배하는 가치, 다시 말해서 폭력과 술수뿐이라고 당신은 가정한 것입니다. 그래서 인간이란 아무것도 아니고 인간의 영혼은 말살시켜도 좋으며 더없이 몰이성적인 역사 속에서 개인이 할 일이란 권력의 모험뿐이며 개인의 윤리란 오직 정복의 현실주의뿐이라고 당신은 결론을 내렸습니다. 사실 나 역시 당신과 생각이 같다고 여기고 있었으므로 당신의 말을 반박할 별다른 근거를 찾아내지 못했습니다. 다만 정의에 대한 치열한 욕구만이 다른 점이라고 하겠는데 결국 그것은 느닷없이 솟구치는 정열만큼이나 이성적으로 설명하기가 어려운 것이었습니다.

어디에 차이점이 있었던 것일까요? 당신은 경솔하게 절망을 받아들인 반면에 나는 결코 거기에 동의하지 않았다는 데에 있습니다. 당신은 우리 인간 조건의 부당함을 받아들인 나머지 결국은 그 부당함을 가중시킨 반면에, 나는 반대로 인간이 영원한 불의와 맞서 싸우기 위해서는 정의를 긍정해야 하고 불행의 세계에 항거하기 위해서는 행복을 창조해야 한다고 보았습니다. 당신들은 도취의 상태로까지 당신들의 절망에 빠져버렸기 때문에, 그리하여 절망을 원칙으로 내세움으로써 절망에서 벗어났기 때문에, 인간적위업의 파괴를 받아들였고 인간과 맞서 싸움으로써 인간의 근원적인 비참함을 완성했습니다. 이 절망과 이 고문과도 같은 세계를 받아들이기를 거부하면서 다만 사람들이 그들의 연대 의식을 되찾아 참을 수 없는 운명과 맞서서 투쟁하기를 바랐을 뿐입니다.

보다시피 동일한 원칙에서 우리는 각기 다른 윤리를 이끌어냈습니다. 이는 당신이 중도에 냉철한 이성을 저버리고, 다른 누군가가 당신과 수백만 독일인들을 대신해서 사고해주는 것이 더 '편리하다'(당신은 '상관없다'고 했을지도 모르지요)고 생각했기 때문입니다. 당신들은 하늘과 싸우기에 지쳐 그 힘겨운 모험에 뛰어들었습니다. 그 모험 속에서 당신들의 임무란 인간의 영혼을 훼손하고 대지를 파괴하는 것일 뿐입니다. 결국 당신들은 불의를 택했고 하느님의 편에 섰습니다. 당신들의 논리는 겉으로만의 논리에 지나지 않았습니다.

반대로 나는 이 지상의 삶에 충실하기 위하여 정의를 택했습니다. 나는 여전히 이 세상에 다른 것보다 우월한 의미란 존재하지 않는다고 믿고 있습니다. 그러나 세상의 무엇인가에는 의미가 있음을 알고 있습니다. 바로 인간입니다. 인간이야말로 의미를 갖겠다고 요구하고 나서는 유일한 존재이기 때문입니다. 이 세상에는 적어도 인간의 진실이 있습니다. 우리가 할 일이란 운명 자체와 맞서 싸워 인간에게 존재 이유를 제시해주는 것입니다. 인간에게는 인간 이외의 다른 이유가 없습니다. 삶에 대하여 우리가 품고 있는 생각을 살려내고 싶다면 우리가 살려내야 할 것은 바로 인간인 것입니다. 당신은 미소지으며 멸시하듯 내게 말하겠지요. 인간을 살려낸다는 게 대체 뭐죠? 하고 말입니다. 나는 온 마음으로 당신에게 외쳐 대답합니다. 그것은 인간을 훼손하지 않는 것이며 인간만이 품을 수 있는 정의로움에 기회를 주는 것입니다.

이것이 바로 우리가 투쟁하는 이유입니다. 이것이 바로 우리가 처음에는 원하지 않았으면서도 당신들의 길을 따라갔다가 결국은 패배하고 말았던 이유입니다. 당신들의 절망은 곧 당신들의 힘이 되었던 것입니다. 절망만 남게 되면 그 절망은 단순해지면서 자신을 갖게 된 나머지 결과적으로 무자비한 힘을 발휘하게 됩니다. 우리가 주저하는 사이에, 우리가 아직 행복의 영상들에 연연하고 있는 사이에 우리를 짓밟아버린 것은 바로 그 절망이었습니다. 우리는 행복이 우리에게 부과된 운명에 대항하여 얻을 수 있는 가장 큰 승리라고 생각했습니다. 패배 속에서도 우리는 행복에 대한 미련을 버리지 않았습니다.

그러나 당신들은 기어이 일을 저질렀고 우리는 역사 속으로 끌려 들어갔습니다. 그래서 5년 동안, 서늘한 저녁의 새소리를 즐기는 것은 더 이상 불가능했습니다. 어쩔 수 없이 절망해야 했습니다. 우리는 세상과 격리되어 있었습니다. 세상의 매 순간마다 죽음의 이미지가 한 민족 전체를 따라다녔기 때문입니다. 5년 동안 이 땅 위에서는 아침마다 죽음의 고통이 있었고 저녁마다 투옥이 있었으며 점심때면 살육이 행해졌습니다. 그렇습니다, 우리는 당신들의 뒤를 따라가지 않을 수 없었습니다. 우리가 어렵지만 잘한 것이 있다면 그것은 당신들을 따라 전쟁에 뛰어들었으면서도 결코 행복을 잊지 않았다는 점입니다. 고함과 폭력 속에서도 우리는 행복했던 바다와 결코 잊어본 적이 없는 언덕의 추억을, 소중한 얼굴의 미소를 한사코 가슴속에 간직하려고 했습니다. 또한 그것은 우리가 가진 최고의 무기였습니다. 우리는 그 무기를 결코 내려놓지 않을 것입니다. 그것을 잃는 날 우리는 당신들과 마찬가지로 죽은 것과 다름없을 것이기 때문입니다. 다만, 행복이라는 무기를 다듬어 단련하는 데는 많은 시간과 너무도 많은 피가 요구된다는 것을 우리는 이제 알게 되었습니다.

우리는 당신들의 철학 세계로 들어가서 당신들을 조금씩 닮아가는 것을 받아들여야 했습니다. 당신들은 방향도 없는 영웅주의를 택했습니다. 의미를 상실한 세상에 남은 유일한 가치가 그것이었기 때문입니다. 당신들이 그것을 선택한 것은 곧 우리와 다른 모든 사람들을 대신하여 그것을 선택한 것입니다. 우리는 죽지 않기 위해서 당신들의 흉내를 내지 않을 수 없었습니다. 그러나 우리는 그때, 당신들에 비하여 우리가 우월한 것은 방향이 있다는 데 있음을 알았습니다. 결국 모든 것이 끝나려는 지금 우리는 그동안 우리가 무엇을 배웠는지 말할 수 있습니다. 그것은, 영웅주의란 별 게 아니며 행복이야말로 얻기가 더 어려운 것이라는 사실입니다.

이제 당신에게 모든 것이 분명해졌겠지요. 우리는 서로 적이라는 사실을 당신은 압니다. 당신들은 불의의 사람들입니다. 세상에서 내 마음이 이토록 증오할 수 있는 것은 아무것도 없습니다. 처음에는 그것이 하나의 정념에 지나지 않았지만 이제 나는 그 이유를 압니다. 당신들의 이론이 마음 못지않게 사악하기 때문에 나는 당신들과 싸웁니다. 4년 동안 당신들이 우리에게 마음껏 저질렀던 그 끔찍한 짓 속에는 당신들의 본능뿐만 아니라 이성도 한몫을 했습니다. 그렇기 때문에 나는 철저히 규탄합니다. 내가 보기에 당신들은 이미 죽은 사람들입니다. 그러나 당신들의 잔혹한 행위를 심판할 때가 오면 당신들과 우리는 똑같은 고독에서 출발했으며 우리는 모든 유럽인들과 더불어 똑같은 지성의 비극에 처해 있음을 나는 기억하겠습니다. 그리고 당신들의 악행에도 불구하고 나는 당신들에게서 사람이라는 이름을 떼어내지 않겠습니다. 우리의 믿음에 충실하자면, 당신들이 다른 사람들에게서 존중해주지 않았던 몫을 우리는 당신들에게서 존중해주지 않을 수 없는 것입니다. 오랫동안 그것은 당신들에게 막대한 이점이었습니다. 당신들은 우리보다 더 쉽사리 사람을 죽이기 때문입니다. 세상에 종말이 오는 날까지 이것은 당신들 비슷한 자들에게는 이점이 될 것입니다. 그러나 세상에 종말이 오는 날까지 당신들을 닮지 않은 우리는 인간이 최악의 과오 속에서도 정당성과 순수함의 자격을 얻도록 증언하지 않으면 안 됩니다.

그렇기 때문에 싸움이 끝나가는 지금, 지옥의 얼굴이 되어버린 이 도시 한가운데서, 우리가 당한 그 모든 고문들을 초월하여, 무참히 짓밟혀 죽은 이들과 고아들의 마을이 속출했음에도 불구하고, 우리가 이제 당신들을 가차 없이 때려 부수려는 이 순간에도, 우리는 당신들과 싸우되 증오심은 없다고 나는 말할 수 있습니다. 그리고 다른 많은 사람들처럼 바로 내일 죽어야 한다 하더라도 우리는 여전히 증오심을 품지는 않을 것입니다. 두려워하지 않을 자신이 있다고 말할 수는 없지만 이성적이 되려고는 노력할 것입니다. 그러나 아무것도 증오하지 않으리라고는 말할 수 있습니다. 분명히 말하지만 나는 지금 내가 이 세상에서 증오할 수 있는 단 한 가지와의 관계를 정립했습니다. 즉 우리는 당신들의 힘을 무찌르고자 할 뿐 당신들의 영혼을 훼손하려는 것은 아님을 말해두고 싶은 것입니다.

당신들이 우리에 대하여 가지고 있던 이점을 지금도 계속 가지고 있음을 알겠지요. 그러나 그것은 또한 우리의 우월함이기도 합니다. 그 우월함 때문에 내겐 이제 밤이 가볍게 느껴집니다. 그것이 바로 우리의 힘입니다. 당신들처럼 세계의 깊이에 대하여 생각하며 우리의 것인 비극의 그 어느 것도 거부하지 않지만, 동시에 지성의 이 참담한 재난의 끝에 이르러 인간에 대한 생각을 살려내고 거기에서 지칠 줄 모르는 소생의 용기를 끌어내는 힘 말입니다. 물론 그렇다고 우리가 주어진 세계에 대하여 던지는 비난이 덜해지는 것은 아닙니다. 우리의 상황을 더 이상 절망적으로 보지 않기에는 우리는 새로운 깨달음에 너무 비싼 대가를 치렀습니다. 수십만 명의 사람들이 동터오는 새벽에 살해되었고, 끔찍한 감옥의 벽에 갇혀야 했으며, 유럽 땅은 이 땅의 자식들인 수백만 구의 시체가 불타는 연기를 뿜어냈습니다. 어쩌면 우리 중 몇 명이 좀더 편히 죽을 수 있도록 도와주는 데밖에는 달리 쓸모가 없을 한두 가지 뉘앙스를 얻어내기 위하여 우리는 그 모든 대가를 치러야 했습니다. 그렇습니다. 그것은 절망적인 일입니다. 그러나 우리는 그토록 엄청난 불의를 당해야 할 이유가 없음을 증명해 보여주어야 합니다. 이것은 우리가 스스로에게 부여한 책무입니다. 이 책무는 내일 당장 시작될 것입니다. 여름 바람이 불어오는 유럽의 어둠 속에서 무장을 했거나 혹은 맨손인 수백만의 사람들이 전투를 준비하고 있습니다. 곧 동이 틀 것이고 당신들은 패배할 것입니다. 당신들이 저지르는 잔혹한 승리를 못 본 체하며 무관심했던 하늘이 당신들의 당연한 패배에도 무관심할 것임을 나는 압니다. 오늘도 나는 하늘에 아무것도 기대하지 않습니다. 그러나 적어도 우리는 당신들이 인간을 빠뜨려 넣으려 했던 고독으로부터 인간을 건져내는 데 공헌한 것이 분명합니다. 인간에 대한 충실성을 우습게 여겼던 당신들이 수천 명씩 외로이 죽어가게 될 차례입니다. 이제 나는 당신에게

작별 인사를 해도 되겠습니다.

1944년 7월

해설

《단두대에 대한 성찰》해설

로제 그르니에

1957년에 《사형에 대한 성찰*Réflexions sur la peine capitale*》이라는 제목으로 출판된 책은 사실상 두 편의 글을 한데 묶은 것이었다. 케스틀러의 《교수형에 대한 성찰*Réflexions sur la pendaison*》과 카뮈의 《단두대에 대한 성찰*Réflexions sur la guillotine*》이 그것이다. 둘 다 사형 제도에 반대하는 운동의 일환으로 쓴 글이었다. 여기에 장 블로크 미셸의 서문과 연구 논문이 추가되었다.[1]

카뮈와 케스틀러는 프랑스가 해방될 무렵에 서로 알게 되었는데, 그들의 관계는 사상적인 토론을 초월하여 생제르맹데프레 거리를 중심

---

1) (옮긴이주) 《사형에 대한 성찰*Réflexions sur la peine capitale*》은 1957년에 장 블로크 미셸의 서문과 함께 초판이 나왔고, 1979년에 장 블로크 미셸의 새로운 서문과 함께 재판이 간행되었다가 그 후 오랫동안 절판되었다. 그러다가 장 블로크 미셸의 사후인 2002년에 마르크 블로크Marc J. Bloch에 의하여 '폴리오 문고'로 새로운 판이 나왔다. 이 책에 번역된 《단두대에 대한 성찰》은 플레이아드 카뮈 전집 《에세*Essais*》에 실린 텍스트와 이 폴리오 문고판에 실린 텍스트를 대조하면서 작성한 것이다. 또한 옮긴이는 2002년 판 《사형에 대한 성찰》에 붙인 마르크 블로크의 '편집자의 말'을 이 글 뒤에 번역해 실었으니 참고하기 바란다.

으로 사르트르Jean-Paul Sartre, 보부아르Simon de Beauvoir, 메를로 퐁티Maurice Merleau-Ponty와 더불어 여러 흥미로운 장면들을 연출하게 되었다. 훗날 보부아르의 회고록에는 그때의 자취가 기록되어 남게 된다. 카뮈의 친구로 기자이자 작가인 장 블로크 미셸은 점령 시절에 지하에서 활동하다가 해방 후 다시 지상에 나타난 신문《콩바 Combat》의 일원이었던 인물이다.

카뮈의 텍스트는 우선 1957년 6월과 7월에 걸쳐《라 누벨 르뷔 프랑세즈La Nouvelle Revue Française》에 발표되었다.

사형의 문제는 카뮈의 전 작품을 관류하고 있는데, 대개는 그의 아버지와 관련하여 그가 어린 시절에 전해 들었던 한 가지 사실에서 출발한다. 소설《이방인》의 마지막 장에도 그에 관한 이야기가 나온다. 또 다른 종류의 이야기로,《페스트》에 등장하는 인물 타루는 직업상 사형 집행 현장에 입회하는 법관이었던 자기 아버지의 이야기를 하면서 그 사실에 대한 혐오감을 금하지 못한다.《단두대에 대한 성찰》첫머리에서 그 일화가 다시 한번 언급되지만 이번에는 전혀 소설적으로 윤색되지 않고 실제 사실대로 소개된다. 단순하고 성실한 인물이었던 그의 아버지는 유난히 가증스러운 한 살인범이 사형당하는 현장을 꼭 참관하고 싶어했다. 그런데 그 장면을 보고 집에 돌아온 그는 먹은 것을 토했다. 카뮈는 실제로 얼굴도 보지 못했던 자기 아버지 뤼시앵 카뮈에 대하여 이렇게 언급하면서, 그것이 아버지에 대하여 자신이 알고 있는 아주 드문 사실들 중 하나라고 적고 있다.

합법적인 살인과 그 시행 방식, 국가가 사람의 생명을 제거할 권리를 스스로 만들어 가진다는 사실은 또한 〈피해자도 가해자도 아닌〉,

《반항하는 인간》과 같은 에세이들 속에 나타나는 관심사이기도 했다. 그렇다고 해서 카뮈는 자신이 사형에 대한 글을 쓰게 되면 또다시 안이한 인도주의라느니 감상주의라느니 하는 비난을 받고 비싼 대가도 치르지 않은 채 양심의 거리낌을 지우려 든다는 비판을 받게 될 것임을 모르지 않았다. 그래서 그는 사형의 문제는 전혀 학술적인 토론의 대상이 아니라는 점을 증명해 보이려고 최대한 노력했다. 반대로 그것은, 날이 갈수록 여러 국가들이 살인적이 되어가는 경향을 보임에 따라 이제는 결코 외면할 수 없게 된 현안의 문제인 것이다.

글을 쓰기 전에 카뮈는 아주 철저한 조사에 착수한다. 그는 법률, 역사, 의사들의 보고서 등을 면밀히 검토한다. 내가 여기서 개인적으로 증언할 수 있는 것이 한 가지 있다. 신문 기자인 나는 전에 범죄자 데블레르와 데푸르노의 사형 집행을 보조했던 사람의 말을 들을 기회가 있어서 그 내용을 나의 소설 《괴물들Les Monstres》에 사용한 바 있다. 카뮈는 내가 거기에 옮겨 적은 것들이 실제와 부합하는지 꼭 알고 싶어했다. 내가 그에게 그것이 조금도 과장되지 않은 사실이라고 말해주자 그는 사형이 그 집행에 직접적으로 가담하는 사람들의 인간성을 얼마나, 어떤 방식으로 더럽히는가를 보여주는 예로 그 일화를 제시했다.

구역질을 하지 않고는 볼 수 없는 단두대의 광경에 대한 체험적 경험——아니 적어도 집안의 이야기를 통해서 전해 들은 경험——에서 출발하여 카뮈는 사형 폐지론자들의 전통적인 논리를 검토한다. 일반 대중의 눈에는 보이지 않는 감옥 안에서, 말하자면 부랴부랴 집행되는 사형은 본보기와 억제로서의 성격을 상실한다.

인간의 마음을 흔들어놓는 격정은 설령 그것이 아주 미약한 것이라 할지라도 죽음의 두려움 같은 것은 아예 까맣게 잊어버리도록 만드는 것이다. 흔히 범죄를 저지르게 하는 것은 바로 그 격정 혹은 정념이다. 수형자가 몇 주일씩, 때로는 몇 달씩 사형 집행의 날을 기다리며 겪는 고문과 같은 괴로움은 그가 피해자에게 가한, 대개는 매우 짧은 시간 안에 이루어지는 죽음과는 비교가 되지 않는다.

여기서 카뮈의 생각은 도스토예프스키가 《백치Idiot》에서 제시한 논거와 일치한다. 미슈킨 대공은 육체적인 고문이 죽음을 잊도록 하는 데 도움이 된다는 역설을 주장한다. 그러므로 최악의 형벌은 바로 죽음의 확신이요 그 죽음을 기다리는 것이라 할 수 있다.

고문당하는 인간을 한번 상상해보시오. 고통, 상처, 그리고 육체적 아픔이 도덕적 괴로움을 잠시 잊게 해주니 결국 죽는 순간까지 그 당사자는 오직 육체만을 아파하면 된다 이겁니다. 그런데 가장 잔혹한 형벌은 육체적으로 입게 되는 상처가 아니라 한 시간 후면, 십 분 후면, 삼십 초 후면, 아니 바로 지금 이 순간에 영혼이 육체에서 빠져나갈 것이라는, 인간적인 생명이 정지되리라는, 그것도 돌이킬 수 없게 정지되리라는 확신입니다. 끔찍한 것은 바로 그 확신인 것입니다. 가장 끔찍한 것은 단두대의 칼날 밑에 자신의 목을 들이밀고 그 칼날이 툭 하고 떨어지기를 기다리는 일 초도 채 안 되는 시간입니다. 이건 내가 머릿속으로 생각해낸 엉뚱한 환상이 아닙니다. 많은 사람들이 같은 식으로 자기 심정을 술회하고 있다는 것을 아십니까? 내 확신이 너무나 강해서 나는 서슴지 않고 당신에게 그대로 털어놓는 겁니다. 살인자를 사형에 처할 경우 형벌은 그가 저지른 범죄와는 비길 수 없을 만큼 훨씬 더 심한 것입니다. 법률적인 살인은 그냥 사람을 죽이는 것보다 몇 배나 더 참혹한 것이지요. 밤에 숲 속에서 강도들에게 죽임을 당하는 사람은 그래도 마지막 순간까지 결국 어떻게 헤어나게 되겠지 하는 희망을 가질 수 있습니다. 목이 잘리고 나서도 여전히 희망을 버리지 못하고 몸통만이 저 혼자 달려가거나 애원하는 예가 있으니까요. 반면에 수형자에게 숙명적인 결말의 확신을 준다면 이건 바로 그 희망을 빼앗아가는 것이 됩니다. 죽음을 열 배나 더 견딜 만하게 만들어주는 그 희망을 말입니다. 일단 판결이 내려지고 나면 거기서 절대로 벗어날 수 없다는 사실 자체가 세상에 더 이상 끔찍한 것은 없다 싶을 정도로 견디지 못할 고문이 되는 겁니다.

미슈킨 대공은 다음과 같이 말을 끝맺는다.

세상에는 어쩌면 이런 사람이 하나쯤 있을 겁니다. 그런 참혹한 고문으로 느껴지는 판결문의 낭독에 이어서 이런 말을 듣게 되는 겁니다. '자, 그만 가보게, 자네는 사면되었네!' 그 사람이라면 자기가 느낀 것이 어떤 것이었는지를 이야기해줄 수 있을지 모르지요. 그리스도가 말한 것이 바로 그 고통이고 그 불안이랍니다. 안 됩니다! 누구에게도 인간을 이런 식으로 다룰 권리는 없습니다!

'이 세상에' 어쩌면 존재할지도 모르는 그 사람을 우리는 알고 있다. 그를 아주 멀리 가서 찾으려 할 필요는 없다. 그는 바로, 사형 선고를 받고서 1849년 12월 22일에 아주 복잡한 사형 집행의 의식 절차를 밟았던 도스토예프스키 자신인 것이다. 그 이야기를 그는 자신의 형 미하일에게 들려준다.

……우리는 세메노프스키 광장으로 끌려갔어. 거기서 우리 모두에게 사형 선고장을 읽어주더니 십자가에 입맞추게 하고는 머리에 씌웠던 칼을 벗겨냈어. 그리고 죽기 전 흰 옷으로 갈아입히더군. 그 다음에 우리 중 셋이 형을 당하기 위해 말뚝에 매였지. 우리는 셋씩, 셋씩 차례로 불려 나갔어. 나는 셋째 줄에 서 있었으니 살아 있을 시간이 일 분밖에 안 남은 거였어.

카뮈가 제시하는 또 하나의 논거는 범죄의 가장 주된 원인은 가난과 알코올이라는 것이다. 이 두 가지에 대해서는 국가의 책임이 아주 크다.

그 다음으로 그는 철학적인 관점에서 논의를 전개한다.

앙드레 지드André Gide식의 '남을 재판하지 말라'는 주장까지 가지는 않은 채 그는 "우리는 무한한 필연성이라는 무게를 짊어지고서 이 세상에 온다"는 사실을 확인한다. 그러므로 논리적으로 볼 때 보편적인 무책임의 결론을 내려야 마땅할 것이다. 우리가 개인적인 책임을 가정하는 것은 오로지 사회 안에서의 삶이 가능해지도록 하기 위해서다. 우리는 프랑스가 해방된 뒤 숙청이 이루어질 때 재판을 참관하게 된 카뮈가 '어느 죄인에게든 어느 만큼의 무죄인 부분이 있다'는 사실을 확인한 일을 기억한다. 그리고 또 그는 일찍이 소설 《이방인》을 통해서, 사람들이 혐의를 두고 있는 살인에 대하여 무죄가 아니라 훨씬 더 보편적인, 어쩌면 전반적인 의미에서 무죄인 한 죄수를 그려 보이지 않았던가?

절대적인 책임이란 있을 수 없는 것이고 보면 절대적인 벌도 있을 수 없는 것이다. 그래서 카뮈는 불과 3개월 뒤면 자신이 노벨상을 받음으로써 절묘한 의미를 더하게 될 표현을 빌려 다음과 같이 쓴다.

어느 누구도 결정적으로 상을 받을 수는 없다. 노벨상 수상자라도 안 된다. 그러나 누군가가 유죄로 추정만 될 경우(하물며 무죄일 가능성이 있다면 더욱) 절대적인 벌을 받아서는 안 될 것이다.

사실 사법부와 사법을 집행하는 사람들은 너무나도 미약한 존재들이다. 그러므로 언제나 오판의 위험이 있는 한, 돌이킬 수 없는 벌을 줄 수는 없는 것이다.

그러나 카뮈는 여러 세기, 여러 문명에 걸친 사형의 역사에 지나칠 정도로 관심을 기울이지는 않는다. 그의 주제는 20세기 중엽의 유럽에 국한된다. 지난날 기독교 신앙이 지배하던 세계에서 사형수는 형 집행 후 영생의 권리를 가질 수 있었다. 진정한 재판은 저 세상에서 이루어지게 되어 있기 때문이었다. 여러 가지 종교적 믿음들 때문에 최고형은 결정적인 것도, 돌이킬 수 없는 것도 아닐 수가 있었던 것이다. 영혼의 불멸을 더 이상 믿지 않는 오늘날의 세계에서 그 형벌은, 더 이상 존재하지 않는 다른 어떤 곳에서의 상소가 불가능하기에 완전하고 결정적인 것이다.

사형에 대한 카뮈의 행동에 동기를 제공하는 것은 정치적 이유다. "지난 30년 동안 국가 범죄는 개인 범죄를 훨씬 앞질렀다." "편파성과 교만함의 광기에 빠진 국가로부터 개인을 보호"하기 위하여 사형은 폐지되어야 마땅하다. 카뮈에게 사형 폐지는 인간의 인격이 국가 위에 있다는 사실을 증명하기 위한 '요란한 카운터' 펀치로 보이는 것이다. 이리하여 사형 폐지는 "오히려 온당한 비관주의, 논리, 현실주의 같은 이유들로 해서" 필요한 것이다.

《단두대에 대한 성찰》은 동구와 서구를 아우르는 통합된 유럽 전체에 대한 카뮈의 꿈을 동반하고 있다.

내일의 통합된 유럽에서는……사형 제도의 엄숙한 폐지가 우리 모두가 희망하는 유럽법의 제1조가 되어야 할 것이다.

2002년 판《사형에 대한 성찰》편집자의 말

마르크 J. 블로크

    1957년에《사형에 대한 성찰》이 출간되었을 때 단두대는 아직도 프랑스에서 일반 사범, 그리고 더 많은 경우 알제리 전쟁과 관련된 사범들에게 사용되고 있었다. 카뮈가 사망하고 거의 20년 가까운 세월이 지나 1979년에 이 책이 마지막으로 배포되었을 때도 프랑스에서 사형제도는 여전히 효력을 발하고 있었다. 그렇지만 사형이 적용되는 경우는 점점 더 드물어졌다. 그래서 장 블로크 미셸은 책의 서문에서 이렇게 썼다. "어느 모로 보나 이 제도의 수명은 얼마 남지 않은 것 같다."

    과연 2년이 채 지나지 않아 대통령 후보 미테랑Fraçois Mitterrand은 사형을 폐지하겠다는 의도를 공표했고, 그의 대통령 당선에 뒤이은 의회 선거 직후 법무장관으로 임명된 바댕테르Robert Badinter는 1981년 10월 9일에 의회로 하여금 사형폐지안을 표결에 부치게 했다.

    여러 가지 국제 협약들에 의하여 더욱 확고해진 사형 폐지는 더 이상 시비의 대상이 될 수 없게 되었다. 사정이 이러한데 왜《사형에 대한 성찰》을 다시 펴내게 되었는가? 왜냐하면 이 저작의 역사적 의의를 넘어서서 토론은 아직 멈추지 않았기 때문이다. 토론은 장소를 바꾸어 더욱 확대되어 국제적인 것으로 변했다. 그리고 또 한 가지 이유는, 1957년에 의미 있었던 논거들이 오늘날인 21세기 초엽에도 여전히 합법적인 사형 집행이 이루어지고 있는 여러 나라들, 특히 민주주의 국가들에게 유효하다는 데 있다.

1957년과 1979년 이래 세계는 변했다. 유럽에서는 사형 폐지가 지배적이 되었고 세계 도처에서 폐지 분위기는 점점 더 확산되고 있다. 그러나 사형은 여전히 중국이나 이란 같은 수많은 국가에서 때로는 대규모로 적용되고 있다. 유물론이건 신정(神政)이건 간에 전체주의 체제의 행동에 대해서는——놀라워하는 기색도 없이——거침없는 비판이 이루어지지만 토론의 대상이 되는 쪽은 무엇보다도 민주 국가들의 태도다. 1979년에 장 블로크 미셸은 이렇게 썼다. "4년 만에 처음으로 미국에서 집행된 사형 선고에 대하여 우리는 우려하는 바다." 과연 1967년에서 1976년까지 미국 연방 최고 재판소는 사실상 사형에 대하여 집행유예 제도를 실시해왔다. 그러나 1976년에 법 해석의 돌연한 변화로 인하여 50개 주 가운데 38개 주와 연방 정부가 그들의 법 제도 속에 사형을 다시 도입할 수 있게 되었다.

이리하여 미국에서는 1976년 이래 720건의 사형이 집행되었고 그 중 37건이 2001년 1월에서 6월 사이에 이루어졌다. 이 사형 집행은, 이미 1953년에 이탈리아 발기 위원회가 카뮈에게 전달한 사형 반대 호소문이 고발했듯이 "오늘의 수술실로 옛날의 고문실을 은폐하려고 애쓰는 기계화된 현대적 사치"를 동원하여 실시된다.

미국에서는 피해자의 가족들이 입회한 가운데 사형이 집행된다. 이렇게 하여 어느 모로 보나 사회가 가하는 형벌에 불과한 사안에 '눈에는 눈, 이에는 이'라는 성서의 공식에서 힌트를 얻은 가족적 보복의 양상을 부여하는 것이다. 2001년에 텍사스 주——미국에서도 가장 많은 사형 집행이 이루어지는 주——에서 부시George W. Bush의 뒤를 이은 페리Rick Perry 주지사는 정신지체자의 사형 집행을 금지하는 법안에 대해 거부권을 행사했다. 더군다나 오늘날 여러 주가 범행을 저지를 당시 미성년이었던 수형자들의 사형을 집행하고 있다.

미국 사법 체계의 불충분한 면은 미국인 자신들에 의하여 폭넓게 드러났다. 피의자가 가난한 사람이거나 '유색인종'인 경우——혹은 두 가지 다인 경우——백인이고 부유한 사람인 경우보다 사형 선고를 받고 형 집행에 이르게 될 위험이 훨씬 더 크다. DNA 검사와 같은 새로운 기술 덕분에 1973년 이후 최근까지 90명의 사형수들이 '죽음의 터널' 속에서 여러 해를 보낸 뒤 무죄 입증을 통해 자유의 몸이 되었다. 이런 지적은 프랑스 자체의 태만을 외면한 채 미국의 체제에 먹칠을 하려는 것이 아니다. 다만 사형을 선고한다는 사실——"절대적으로 증명되지 않은 어떤 죄의 이름으로 인간들이 절대적인 형벌에 처해질 위험이 있다는 사실"[2)]——은 재판상의 오류를 돌이킬 수 없게 만든다는 점을 지적하지 않을 수 없을 뿐이다. 이런 모든 점들 때문에 특히 프랑스에서는 미국에서 이루어지는 사형에 반대하는 대대적 운동이 일어나는 것이다.

---

2) 1954년 3월 22일에 카뮈가 당시의 코티René Coty 대통령에게 보낸 편지.

1995년 4월에 오클라호마에서 폭탄을 터뜨려 168명의 희생자를 낸 극우파 테러리스트 맥베이Timothy McVeigh의 사형이 2001년 6월 11일에 집행되면서 역설적이게도 사태가 변했다. 그의 사형 집행 장면을 인터넷이나 케이블 텔레비전으로 중계할 것인가에 대한 토론이 사형 폐지론자들의 좁은 영역을 벗어나 오늘날 미국의 여론을 움직이기 시작하고 있는 것이다. 1990년에 사형에 찬성하는 미국인은 80퍼센트였다. 2001년에는 그 비율이 62퍼센트로 감소했다. 2001년 가을에 최고 재판소는 살인 혐의를 받고 있는 정신지체자 건에 대하여 판결을 내려야 하는 입장에 있었고, 13개 주가 이미 정신지체자의 사형 집행을 포기한 상태였다. DNA 검사의 이용 확대를 위한 재정 지원 법안이 상원에서 토의되고 있다. 2001년 1월 일리노이 주지사 라이언George Ryon은 자신의 주에서 13명의 사형수가 무죄 판결을 받자 사형 정지 명령을 내렸다. 2001년 7월에는 그때까지 사형을 지지해왔던 미국 최고 법원의 판사 오코너Sandra Day O'Connor가 이렇게 선언했다. "통계에 의하건대 현 체계는 무죄인 자들의 형 집행을 허가했을 가능성이 있다" 그리고 "사형이 이 나라에서 올바른 방식으로 선고되었는지" 의문을 가질 수 있다고 덧붙였다.

그래서 우리는 더 이상 서점에서 찾아볼 수 없게 된 케스틀러와 카뮈의 이 성찰을 토론에 추가하는 것이 유익하다고 판단하게 되었다.

그리고 앞서의 여러 판에서와 마찬가지로 전 세계 사형 제도의 현황에 대한 일람표를 추가했다. 이를 위하여 우리는 사형 폐지를 위하여 모범적으로 지칠 줄 모르고 투쟁해온 국제 엠네스티가 제공하는 정보를 사용했다.

  그리고 끝으로 우리는 카뮈가 쓴 몇몇 서한들과 개입 문서들을 처음으로 공개한다. 이 글들은 프랑스가 해방된 이후부터 카뮈가 사망하기 직전까지 그가 프랑스와 세계 전체에서 사형수들을 보호하기 위하여 끊임없이 자신의 입장을 밝히고 개입했다는 사실을, 그리고 예컨대 스페인 노동조합 운동가들의 경우에는 그들의 행동을 지지했고 독일에 부역한 프랑스인들의 경우에는 그들의 행동을 비난했다는 사실을 보여준다. "모든 공개적인 입장 표명은 정치적으로 이용당할 위험이 있고 그리하여 나라의 불행에 부채질을 할 가능성이 있으므로" 알제리에 대한 자신의 의사 표시를 자제하기로 한 시점에서도 그는 사형 선고를 받은 알제리인들을 위하여 비밀리에 대통령에게 편지를 보내고 있었던 것이다.

《독일 친구에게 보내는 편지》해설

로제 그르니에

연합군이 북아프리카에 상륙하고 남부 지역이 독일군에게 점령당함에 따라 프랑스 안에서 발이 묶인 채 중부 고원 지역 르파늘리에 마을에 갇힌 형국이 된 카뮈는 당시 리옹에 머물고 있던 파스칼 피아Pascal Pia 덕분에 고립 상태를 모면할 수 있게 된다. 파스칼 피아는 처음에 퐁토Pontault, 나중에는 르누아르Renoir라는 가명으로 비밀 레지스탕스 조직인《콩바》운동의 주축을 이루며 활동했던 인물이다. 카뮈는 또한, 랭 지방에 머물면서 공산당 계열의 지하 조직인 민족전선을 위하여 활동하고 있던 시인 프랑시스 퐁주Francis Ponge와도 연락하고 있었다. 이들 두 사람을 통하여 그는 시인이기도 한 레지스탕스 전사 르네 레노René Leynaud를 알게 된다. 레노를 만나자 그는 이내 우정을 느낀다. 1910년 리옹에서 태어난 레노는《프로그레 드 리옹*Progrès de Lyon*》신문에서 기자로 일했었다. 클레르라는 전시 이름을 가지고 콩바 운동의 지역 책임자로 활동하던 그는 1944년 5월 16일에 리옹의 벨쿠르 광장에서 부상당한 채 체포되어 몽뤼크 요새에 감금되어 있다가, 6월 13일에 빌뇌브 마을 근처의 숲에서 18명의 다른 포로들과 함께 총살당했다. 그의 시신은 10월 24일에 확인되었다. 그의 시집《사후(死後)의 시편들*Poésies posthumes*》은 1947년에 카뮈의 서문과 더불어 갈리마르 사에서 출판되었다. 카뮈에게 르네 레노는 기독교가 보여줄 수 있는 가장 훌륭한 일면을 대표한다고 할 수 있다. 한편 프랑시스 퐁주는《문집*Grand Recueil*》제1권에 레노에 관한 글을 발표했다.

리옹에서 카뮈는 또한 아라공Louis Aragon과 엘자 트리올레Elsa Triolet도 만난다. 그들은 비밀 조직인 전국작가위원회에서 가장 맹렬한 활동을 벌이고 있던 회원들이었다. 그러나 카뮈가 요양하고 있던 르파늘리에는 너무나도 고적한 곳이었고, 그는 알제리에서 지중해를 건너 낯선 프랑스 본토로 온 지 얼마 되지 않았으므로 당시 적극적으로 투쟁하고 있던 인물들 속에 완전히 섞여 들 수가 없었다. 그는 얼마 뒤 파리로 올라와서야 비로소 왕성한 활동을 벌일 기회를 갖게 된다. 우선 당장은 레지스탕스 신문을 위한 글이나 기사를 쓰는 정도에 그칠 수밖에 없었다. 그런 글 중에서 가장 중요한 것이 바로《독일 친구에게 보내는 편지*Lettres à un ami allemand*》다.

첫 번째 편지는 1943년《르뷔 리브르》제2호에 발표되었다. 두 번째 편지는 루이 뇌빌Louis Neuville이라는 가명으로 1944년《카이에 드 리베라시옹》제3호에 실렸다. 이것은 레지스탕스 운동체인 '남부 해방 liberation-Sud' 소속으로, 전국작가위원회와 가까운 잡지였다. 세 번째 와 네 번째 편지는 미발표 상태로 남아 있었다. 이 편지들은 원래《르뷔 리브르》를 위하여 쓴 것이었지만 지하 신문과 출판의 돌발적인 변수에 따라 빛을 보지 못하게 되었다.

이 책은 르네 레노에게 헌정되었다. 리옹의 이 레지스탕스 전사는 카뮈가 자신의 진실을 찾는 데 가장 큰 힘이 되어준 사람들 중 하나였다. "진실이란 증인들을 필요로 하기" 때문이다.《시사평론 I Actuelles I》에 수록된《콩바》의 한 사설과《사후의 시편들》에 부친 감동적인 서문을 보면 그 어려운 시대에 두 사람의 관계가 얼마나 중요한 것이었는지를 이해할 수 있다.《독일 친구에게 보내는 편지》의 첫머리에 뚜렷이 찍혀 있는 레노의 이름은 이 글에 그 모든 의미를 부여하고 있다. 이 글이야말로 나치가 표방하는 힘과 국가의 맹목적 신비주의와 우리가 살고 투쟁하고 목숨을 바치는 목적인 가치들을 서로 대립시키고 있으니 말이다.

상상의 친구에게 보내는 상상의 편지라는 문학 형식은 카뮈의 경우 이것이 처음이 아니다. 대전 초기인 1939년 무렵 프랑스 신문의 검열과 감시에 관해서 쓴 글이므로 사실 주제가 다른 것이긴 하지만, 그는 이미《알제 레퓌블리캥 Alger républicain》에다가 〈프랑스 국민의 정신 상태에 관하여 한 영국 젊은이에게 보내는 편지〉를 쓴 바 있다. 또 이 편지는《행복한 죽음 Le Mort Houreuse》의 주인공에게서 빌려온 장 메르소라의 이름으로 발표되었다. 또 같은 시기에 기록된 것으로,《작가 수첩 Cartnets》에는 〈어느 절망한 사람에게 보내는 편지〉라는 긴 글이 실려 있다.

다시《독일 친구에게 보내는 편지》에 대한 이야기로 돌아와보자. 우리는 그 세 번째 편지가 '유럽의 이상'을 옹호하는 데 바쳐져 있음을 주목할 수 있다. 카뮈는 여기서 나치가 매일같이 자기들의 선전 속에서 잘못된 방식으로 이용하고 있는 유럽의 개념에 맞서 자신의 이상을 옹호하고 있다. 그 당시에는 아직, 혹은 벌써, 피렌체, 크라쿠프, 빈,

프라하, 잘츠부르크를 '나의 가장 위대한 조국의 것인 단 하나뿐인 얼굴'로서 꿈꾸는 사람은 극히 드물었다.《독일 친구에게 보내는 편지》가 이탈리아어로 번역되어 출판되었을 때 카뮈는 그 서문에서 그 말의 의미를 이렇게 설명했다.

이 편지를 쓰는 필자가 '당신들'이라는 표현을 쓸 때 그것은 '당신네 독일인들'이 아니라 '당신네 나치 당원들'을 두고 하는 말이다. 그리고 '우리'라는 표현을 쓸 때 그것은 항상 '우리 프랑스인들'이 아니라 '우리 자유로운 유럽인들'을 의미하는 것이다.

네 번째 편지는 카뮈의 작품과 관련지어 생각해볼 때 가장 중요한 글이라고 할 수 있다. 그르니에Jean Grenier가 좋아하는 전기 낭만주의 작가 세낭쿠르Étienne Pivert de Senancour의 말을 머리에 인용하고 있는 이 편지는 이미《페스트La Peste》와《반항하는 인간L'Homme révolté》의 독트린을 그대로 담고 있다. 세낭쿠르의 소설《오베르만Obermann》에서 따온 인용구를 보면서 카뮈가 이 구절을 발견하고서 얼마나 기뻐했을지를 상상하기란 그리 어렵지 않다. 절묘한 몇 마디 말 속에 부조리에서 솟아 나오는 반항이 더없을 만큼 절실하게 표현되어 있으니 말이다.

인간은 필멸의 존재다. 그럴지 모른다. 그러나 소멸하더라도 저항하면서 소멸하자. 그리고 우리를 기다리고 있는 것이 비록 허무라 할지라도 그것이 사필귀정이 되도록 하지는 말자!

르네 레노의 《사후의 시편들》에 부친 서문

알베르 카뮈

《프로그레 드 리옹》의 기자 르네 레노는 1943년에 카뮈와 사귀기 시작했다. 파스칼 피아, 프랑시스 퐁주, 그리고 장 스나르가 그를 카뮈에게 소개해주었다. 그 무렵 카뮈는 어떤 잡지사의 교정지를 고치면서 무료하게 시간을 보내고 있었다. 그들은 곧 절친한 사이가 되었고 그들의 관계는 지적인 관심사와 레지스탕스 활동 양면으로 발전해갔다.

레노는 저 도전적인 저서 《시지프 신화 Le Mythe de Sisyphe》로 이미 유명해진 이 젊은 작가에 대하여 선망 넘치는 호기심을 느낀다. 카뮈는 아직 발표하지 않은 상태의 희곡 《칼리굴라 Caligula》의 원고를 그에게 보여주게 된다. 레노는 그 원고를 보고 마치 감전된 것 같은 충격을 느끼는 한편 거기서 어떤 형이상학적인 울림을 간파한다. 《오해 Le Malentendu》의 무신론적인 논리는 그의 마음을 더욱 강하게 뒤흔든다. 그에 대한 겸손한 답례로 그는 자신의 시편들을 카뮈에게 건네준다.

카뮈로서도 불가능의 것에 대하여 고뇌하는 이 기독교도, 언어의 위력을 자신의 내면 속에서 죽을힘을 다해 시험해보면서 시를 영적인 실천의 수단으로 삼고 있는 이 젊은이에 대하여 애정을 느끼지 않을 수 없었다. 카뮈의 마음을 사로잡은 이 의지의 사나이는 언제나 자신의 생각과 실천이 서로 어긋나지 않도록 노력하면서 '전쟁에 아무런 흥미도 느끼지 못한 채 레지스탕스에 가담하게 된' 인물이었다. 카뮈가 보기에 레노는 순교에 이를 정도로 자신의 신앙을 몸소 실천하려고 고심하는 충실한 기독교도의 표상이었다. 그에 대한 추억은 전후 숙청이 이루어질 때 독일군에 협력한 사람들에 대한 카뮈의 분노에 불을 지르게 된다. 그리하여 그는 이렇게 쓴다. "블랭의 가족들이, 레노의 아내가 그래도 좋다고 말한다면 나도 모리악 씨와 더불어 그들을 공개적으로 용서할 것이다"(1945년 1월 11일). 그러나 그 뒤 레노에 대한 추억은 어쩌면 레노가 '그 같은 반항의 마음에 동조하지 않을지도 모른다'는 것을 헤아리는 데 도움이 되어주었다. "그렇다, 그것이 바로 살인자들에 대한 그의 마지막 가난한 승리인 것이다." 1945년 8월 30일 《콩바》에서 카뮈는 사람들이 자행한 숙청 행위를 이런 어조로 준엄하게 고발했다. 레노의 시편들에 부친 카뮈의 서문 또한 같은 해 여름 동안에 작성된 것으로 보인다. 이것은 어쩌면 단순한 우연의 일치인지도 모른다. 그러나 레노의 편지들을 다시 읽어보면서 카뮈가, 지나치거나 안이한 처벌 행위와 관련하여 마음속에서 일어나는 혼란이 배가되는 것을 느꼈으리라고 보아도 지나친 추측은 아닐 것이다.[3]

1944년 5월 16일, 비밀 문서들을 소지하고 있던 르네 레노는 리옹의 벨쿠르 광장에서 친독 의용대에 체포되었다. 그는 도주를 시도하다가 그의 두 다리를 향하여 퍼부어진 총탄에 맞아 그 자리에서 쓰러졌다.

---

3) (옮긴이주) 플레이아드판 카뮈 전집의 해당 글에 붙은 로제 키요Roger Quilliot의 주.

그리고 잠시 병원에서 치료를 받은 후 몽뤼크 요새로 이송되어, 1944년 6월 13일까지 수감되어 지냈다. 그날 리옹을 비울 준비를 하고 있던 독일군은 몽뤼크에서 레지스탕스의 중요한 역할을 맡았다고 판단되는 열아홉 명의 포로를 가려냈다. 우리는 현재 그들 중 열한 명의 이름만을 알고 있다. 이른 새벽 다섯 시에서 여섯 시 사이에 레노와 그의 동지 열여덟 명은 요새의 뜰로 불려 나갔다. 독일군은 그들에게 커피를 마시게 한 다음 수갑을 채웠다. 그들은 차례차례 트럭에 올라타 벨쿠르 광장에 있는 게슈타포 건물로 끌려갔다. 그리고 건물 지하실에서 약 45분 동안 기다렸다. 그 후 나타난 독일군은 그들의 수갑을 풀어주었다. 기관총으로 무장한 몇몇 독일 병사들과 더불어 그들은 다시 트럭에 올랐다. 차는 리옹을 벗어나 빌뇌브 방향으로 달렸다. 열한 시경 트럭이 아주 느린 속도로 그 마을을 통과하던 중 그들은 산책에서 돌아오는 일단의 어린아이들과 마주쳤다. 포로들과 어린아이들은 오랫동안 서로를 바라보았지만 아무 말도 주고받지 않았다. 빌뇌브 마을을 벗어나 조그만 포플러나무 숲 앞에서 트럭이 멈췄다. 독일 병사들이 땅으로 뛰어내리더니 포로들에게 내려서 숲 속으로 들어가라고 명령했다. 처음 여섯 사람이 트럭에서 내려 나무 쪽을 향하여 걸어갔다. 곧 그들의 등을 향하여 발사된 기관단총 총탄이 그들을 쓰러뜨렸다. 그 뒤 두 번째 무리가 뒤를 따랐고 다음에는 세 번째 무리가 당했다. 은총의 사격이 아직 숨이 붙어 있는 몇몇 사람들의 목숨을 확실하게 거두었다. 그렇지만 그 가운데 끔찍한 상처를 입고도 인근의 농가까지 몸을 이끌고 간 사람이 하나 있었다. 우리가 지금까지 일어난 일들을 묘사한 것은 그를 통해서 들은 내용이다. 레노의 친구들은 다만 그가 첫 번째 무리에 속해 있었는지 그 뒤의 무리에 속해 있었는지 궁금해할 뿐이다.

레노는 서른네 살이었다. 그는 1910년 8월 24일에 리옹베즈에서 아르데슈 출신의 부모에게서 태어났다. 그는 현의 초등학교를 마친 뒤 리옹에 있는 앙페르 고등학교를 졸업했다. 그 후 대학에서 법률을 공부하는 한편 리옹의 《프로그레 드 리옹》에 기자로 들어갔다. 그가 스스로 시에 취미를 가지게 되고 기독교에 깊이 심취하게 된 것은 아마도 그때부터 전쟁이 발발하기까지의 시기의 일이었던 것 같다.

1939년 9월에 군에 징집된 레노는 로렌 지방에서, 다음에는 벨기에에서 전투에 참가했고, 고줄앙퇴를 거치면서 해상 작전에서 멀어졌지만 우여곡절 끝에 영불해협을 건너 플리머스까지 가는 데 성공한다. 프랑스로 돌아온 그는 지칠 대로 지치고 병든 몸으로 아장에서 휴전을 맞는다. 특기할 만한 점은 그의 친구들 중 누구도 그가 전쟁 동안에 자신이 맡았던 역할에 대하여 말하는 것을 한 번도 들어본 적이 없다는 사실이다. 우리는 그의 행적에 대하여 그의 아내에게서 들어 알고 있을 뿐이다. 1942년에 레노는 여러 레지스탕스 그룹과 접촉하게 되었고 결국은 클레르라는 가명으로 리옹 지역 콩바 조직의 지역 책임자가 되었다.

그의 죽음은 우리 모두에게 레노를 하나의 모범으로 만들어놓았다. 그렇지만 그에 대한 우리의 애착이 유별났던 만큼 우리는, 이제 막 그 힘겨운 행적을 짤막하게 살펴본 바와 같이 그의 삶이 모범적이라는 것을 이미 잘 알고 있었다. 투쟁의 필요에 따라, 아내와 아들들에 대한 사랑에 전념하며 아주 멀찍이 물러나서 지내고 있었던 탓에 그에게는 친구가 별로 많지 않았다. 그러나 일단 그를 사랑하게 된 사람 치고 전심전력을 다하여 그를 사랑하지 않는 사람은 단 한 사람도 보지 못했다. 그는 믿음을 주는 사람이었다. 한 인간에게 가능한 한도 내에서라면 그는 자기가 하는 일에 자신의 모든 것을 다 바쳤다. 그는 그 어느 것 하나 에누리하는 법이 없었다. 그렇기 때문에 그는 살해당한 것이다. 그의 고향 아르데슈의 작달막하고 단단한 참나무들처럼 견고한 그는 정신적 면에서나 육체적 면에서나 모질게 단련된 인물이었다. 일단 옳은 일이라고 판단을 내리고 나면 그 무엇 앞에서도 그는 물러서지 않았다. 그를 굴복시키자면 한 보따리의 총탄이 필요했다.

이제까지 나는 레노에 대하여 건조하게, 이를테면 일반적인 말만 했다. 나의 친구였던 그 사람에 대하여 이제는 더 이상 마음 가는 대로 터놓고 말할 수 없게 된 것이 사실이지만 적어도 이제부터는 앞서 이미 한데 모아놓기 시작한 바 있는 보다 생생한 이미지들을 전달하려고 노력할 수는 있을 것이다.

그는 평균보다 약간 더 클까 말까 한 키에 억센 곱슬머리였고, 거친 얼굴에 눈이 맑았으며, 약간 두툼하고 생기가 도는 입술과 뭉툭한 코에 턱의 선이 힘차 보였다. 구태여 잘 차려입지는 않았지만 걸친 옷의 매무새가 좋았고 우아했다.

1943년, 리옹에 들를 때면 나는 그의 친구들에게 잘 알려진 비에유모네 거리의 그의 작은 방에서 자주 묵곤 했다. 레노는 간단한 인사말로 나를 맞아들이고는 머리맡의 램프를 아주 정성스레 켰다. 그리고 자리에서 일어나 돌로 된 상자에서 담배를 꺼내 내게 권했다. "난 당신보다 담배를 적게 피우죠. 사실 나는 파이프 담배를 더 좋아해요" 하고 그는 말하곤 했다. 실제로 그는 파이프를 꺼내 들고 한참을 가만히 앉아 있었다. 내 기억 속에서 이 시간들은 우정의 시간으로 남아 있게 되었다. 다른 곳으로 가서 자는 레노는 소등 시간이 될 때까지 늦도록 남아 있었다. 우리 주위에는 점령 시대의 밤의 무거운 침묵이 깔려 있었다. 당시의 그 거대하고 어두운 공포로 무겁게 가라앉은 도시 리옹이 차츰차츰 비어가고 있었다. 그러나 우리는 공포에 대하여 말하는 법이 없었다. 더군다나 레노는 꼭 필요한 것 외에는 말을 하는 법이 없었다. 우리는 친구들에 대한 소식을 주고받았다. 가끔 문학에 대한 이야기를 할 때도 있었다. 그는 16세기 시인들을 좋아했고 그 가운데서도 리옹파 시인들을 특히 좋아했다. 우리 주위에 꽂혀 있는, 많지는 않지만 귀중한 그의 장서는 대부분 시집들이었다. 그러나 그 시집들은 모든 시대, 모든 장소의 시들을 망라한 것들이었다. 나는 그에 비하여 그 분야에 대하여 아는 것이 적었다. 그렇지만 나는 많은 현대 시인들이 그냥 생각날 때마다 간단히 메모해둔 것 같은 짧은 시편들만 쓰는 것에 대한 나의 불만을 생각나는 대로 말해보았다. 이 점에 있어서 우리의 생각은 일치했다. 그가 장시를 통해서 자기가 말하고자 하는 바를 표현하고 싶다고 내게 털어놓은 것은 그 기회를 통해서였던 것 같다. 바로 그 시의 몇몇 조각들이 이 시집 속에 담겨 있다.

그러나 당시에 레노는 전혀 글을 쓰지 않고 있었다. 글은 '나중에' 쓰기로 마음먹었다는 것이다. 몇 가지 징후들을 보고 나는 그때도 그가 그 '나중에'를 초조한 마음으로 기다리고 있다는 것을 짐작할 수 있었다. 그 어떤 의무도 기피하는 법이 없었던 그는 바로 그 의무의 무게를 투철하게 느끼고 있었기에 그만큼 그 의무를 기피할 자격이 있었다. 어떤 시간, 피곤을 이기지 못할 때면 그는 약간 골이 난 듯한 표정이 되면서 잠시 동안 사람들과 떨어진 곳으로 물러나곤 했다. 그는 자신의 아내, 아이, 어떤 형태의 삶 같은, 자기가 좋아하는 모든 것에 너무나 가까이 있었으므로 그런 사랑이 위험에 처하지 않게 될 어떤 미래, 그리고 그 자신이 진정으로 자기다워지는 그런 미래를 꿈꾸지 않을 수 없었던 것이다. "이 모든 것이 다 끝나면 뭘 할 건가요?" 하고 그는 나에게 묻곤 했다. 지금이나 그때나 나는 상상력이 부족한지라 내 대답은 그리 분명하지 못했다. 그러나 레노에게는 모든 것이 간단했다. 그는 밀쳐두었던 삶을 멈추었던 그 지점에서 다시 계속하겠다는 것이었다. 자신에게는 그 삶이 좋아 보였으니까. 요컨대 그에게는 키워야 할 아이가 하나 있다는 것이었다. 그리고, 웬만해서는 흥분하지 않는 그였지만, 아들 이름을 입에 담기만 해도 금세 그의 두 눈이 빛을 발했다.

사실 우리가 주고받은 대화는 그렇게 심각한 것이 아니었다. 나는 그가 웃는 모습을 보는 것이 좋았다. 가만히 생각해보면 그가 웃는 일은 드물었지만, 한번 웃었다 하면 그는 진심을 다해서 의자에서 몸을 벌떡 젖히며 마음 놓고 웃었다. 잠시 후 그는 평소에 늘 볼 수 있는 자세로 두 발을 약간 벌리고 일어서서 이두근 저 위로 옷소매를 둘둘 말아 올리고는 튼튼한 두 팔을 쳐들어 언제나 헝클어져 있는 머리카락을 정돈해보겠다고 쓰윽 쓰다듬는 것이었다. 우리는 권투, 해수욕, 캠핑 따위의 이야기를 나누었다. 그는 육체적인 생활, 힘든 노력, 형제애를 느끼게 하는 지상의 일들을 좋아했다. 그러나 그 모든 것을 말없이,

조용하고 왕성한 식욕으로 음식을 먹는 것과 똑같은 방식으로 사랑했다. 그리고 자정이 가까워지면 그는 파이프를 비우고 새 담배 개비들을 꺼내어 밤 동안 피우라고 권하고는 재킷을 옆구리에 끼고 힘찬 걸음으로 떠나는 것이었다. 계단을 울리는 그의 발소리가 여전히 들리는 것만 같아서 나는 내 주위에 놓인 그의 물건들을 휘둘러보곤 했다.

내가 가끔 생테티엔에서 만나자고 그와 약속을 청할 때도 있었다. 기차를 타고 도착하여 다시 떠나기까지 사이의 시간에 우리는 그 절망적인 도시에서 몇 시간을 보내곤 했다. 1943년 9월 우리가 처음 그런 식으로 만났던 때가 분명하게 기억난다. 그때는 모든 것이 다 부족한 때였으니까. 그 당시 생테티엔은 내가 자주 들르긴 하지만 도대체 뭐 하나 되는 게 없는 곳임을 레노에게 미리 귀뜸해주었다. 특히 그 도시에서 느낄 수 있는 것이라곤 기껏해야 어이없는 허탈감뿐이니 나야말로 아무짝에도 쓸모가 없는 인간이라는 것을 미리 말해주었던 것이다. 내 생각에 만약 지옥이란 게 존재한다면 그건 필시 모든 사람이 검은 옷을 입고 어슬렁거리는 그 잿빛의 끝없는 거리들과 닮은 것이리라. 레노는 내가 과장이 심하다고 했다. 레노가 알고 지냈으면 싶은 어떤 친구를 만나게 해주기 위하여 우리는 그곳에서 만날 약속을 했다. 그에게 소개해줄 사람은 정력이 넘치는 반골인 도미니크 수도회 신부로, 자기는 기독교도 민주주의자가 싫고 니체적인 기독교를 꿈꾼다고 말했다. 기독교의 신중하기만 한 형식에 거리를 느낄 뿐인 레노는 이 병정 같은 수도사에게 관심이 가는 모양이었다. 나는 생테티엔 역의 뷔페 식당에서 그 신부와 함께 그를 기다리기로 되어 있었다. 그런데 불행하게도 그 신부는 오후 일찍 다시 기차를 타고 떠나야 할 처지였으므로 아주 이른 시간에 점심을 시켜 먹을 수밖에 없었다. 레노는 디저트가 나올 무렵에 도착했는데 잇몸에 심한 염증이 생겨서 제대로 이어서 말을 할 수가 없는 상태였다. 잠시 후 내 친구인 신부는 흰 옷자락을 휘날리며 플랫폼으로 달려 나갔다. 그러자 타고 갈 기차가 오후 늦게야 떠나는 레노와 나는 더위와 권태에 지치고 어리둥절해진 표정으로 그 지옥 같은 도시에서 하릴없이 돌아다니기 시작했다. 그러다가 사이사이에, 사람은 별로 없고 파리만 득실거리는 이 카페 저 카페에서 사카린을 넣은 레모네이드 잔을 앞에 놓고 주저앉곤 했다. 그러는 동안 그는 연방 아스피린만 삼켜댔다. 오후 네 시경이 되어서야 우리는 몇 마디를 주고받을 수 있었다. 그리고 얼마 뒤 나는 기차 역까지 가 그를 배웅했는데 그가 막 객차의 계단에 올라설 때 우리는 터져 나오는 웃음을 참을 수가 없었다. "그것 봐요, 여기선 뭐든 되는 게 없다고 말했잖아요" 하고 내가 말했다. 그는 파안대소하고 있었다. 기차가 움직이기 시작했을 때도 그는 웃음을 그치지 못한 채 내게 우정 어린 손짓을 해 보였다. 내가 그에 대하여 간직하고 있는 모든 영상들 가운데서 이 장면이 내겐 유난히도 마음에 남는다.

또 어느 날, 레노와 나는 벨쿠르 광장에서 어린아이들 가운데 섞인 채, 굶주린 주민들의 손을 용케 피해 살아남은 몇 안 되는 비둘기들 속을 거닐며 윤리에 대하여 이야기를 나누었다. 그리하여 우리는 감히 말한다면 바로 그 윤리라는 것을 위하여 무엇인가를 해야 한다는 데 의견이 일치했다. 내가 그의 남다른 면을, 다시 말해서 그의 침묵의 힘과 자질을 헤아릴 수 있었던 것은 바로 그 기회를 통해서였다. 그 뒤 우리는 약 반시간이 넘도록 나란히 앉아서, 겉으로는 그저 지나가는 행인들을 바라보기만 했으나 속으로는 오로지 서로의 공통된 생각만을 좇고 있었으니 말이다.

내가 그를 마지막으로 본 것은 1944년 봄, 파리에서였다. 우리는 마지막으로 만난 그때만큼 서로를 가까이 느껴본 적이 없었다. 우리는 생브누아 거리에 있는 어떤 식당에서 만났는데, 그 다음에는 화창한 날씨를 즐기며 강변 길을 따라 오래도록 거닐면서 앞날에 대하여 이야기했다. 우리의 마음이 너무나도 깊이 통했기 때문에 나는 처음으로 우리나라의 앞날에 대해 절대적인 믿음을 가질 수 있었다. 그때 우리가 주고받은 대화가 하나도 빠짐없이 생각나고 또 그가 보낸 여러 통의 편지들이 아직도 그 대화가 그에게나 나에게나 매우 중요한 것이었음을 상기시켜주지만 그 내용을 여기에 옮겨놓을 수는 없다. 그때 우리는 해방이 되면 함께 행동하기로 약속했다. 레노는 파리로 올라와 자리잡고 우리와 뜻을 함께하겠다고 했다. 그러나 지금 그는 그 어느 누구에게도 예속된 존재가 아니므로, 그가 살아 있다면 반드시 나의 곁에 있었으리라고 말할 생각은 없다. 우리는 그날 오후 네 시경 카루젤 다리 위에서 헤어졌다. 그때 그가 마지막으로 한 말이 기억나지 않으니 부끄러울 따름이다. 나는 그의 죽음에 대해서도 아무런 상상을 해보지 못했다. 인간에 대한 어리석은 믿음에만 기댄 채 그와 그의 장래에 대한 확신으로 가득 차 있던 나는 그저 그와 마찬가지로 다리 이쪽 끝에서 저쪽 끝을 향하여 잠깐 동안 팔을 쳐들어 인사를 보낸 것이 고작이었다.

그보다 몇 주일 전에 그는 내게 이런 편지를 보냈다. "신이 우리에게 다시 올해와 또 다른 몇 해를, 그리고 같은 진실에 봉사할 수 있는 행복

을 허락해주시기를 바랍니다. 이것이 내가 당신과 나를 위하여 1944
년에 마음속에 품어보는 기원입니다. 왜냐하면 오늘 나는 내가 나 자
신에 대하여 가지는 어떤 생각을——그 생각이 가장 비천한 것이 아니
기를 바라지만——당신과 따로 떼어서 생각하고 싶지 않기 때문입니
다."

　그러나 그 해는 그에게 허락되지 않았다.

　이제 남은 것은 우리가 여기에 한데 모아 펴내는 레노의 시편들에
대하여 말하는 일이다. 그의 친구들, 특히 우리 가운데서 능력상 가장
적절한 프랑시스 퐁주가 엘렌 레노의 노력으로 찾아낸 초고들과 수고
뭉치들 속에서 이 시편들을 골라냈다.

　나는 이 시편들에 대하여 어떤 판단을 내릴 입장이 못 된다. 나는 레
노를 사랑했던 친구이기 때문이다. 그리고 삼십여 년을 살아오는 동
안 한 인간의 죽음이 이토록 내 마음속에 깊이깊이 울렸던 적은 한 번
도 없었기 때문이다. 그러므로 나로서는 나의 친구가 자신의 가장 내
밀한 것에다가 어떤 형식을 부여하고자 노력해보인 이 학생용 공책의
내용을 냉정한 눈으로 바라볼 수가 없는 것이다. 그리고 이 시편들의
상태가 결정적으로 완결된 것이 아니며 그가 주저하며 노력하는 가운
데 어떤 엄청난 작품을 구상하고 있었다는 것 또한 잘 알고 있다. 그러
나, 여러분이 이 책 속에서 한 엄청난 작품을 정당화하기에 충분한 두
세 마디의 절규를 만나보게 될 것이라고 내가 말한다 해도 그것이 우
정과 사랑으로 눈이 어두워진 때문이라는 생각은 들지 않을 것 같다.

　어쩌면 나는 여기서 레노 자신이 말하도록 기회를 줄 수 있을 것 같

기도 하다. 내 수중에는 그가 보낸 열댓 통의 편지가 있지만 유감스럽게도 여기서는 그중 얼마 되지 않는 부분밖에 인용할 수가 없다. 사실 그는 대부분 나에 대해서 이야기했다. 그것만 보아도 그가 어떤 사람인지 잘 짐작할 수 있을 것이다. 그러나 그중 한 통의 편지는 자기가 몇 장의 사본을 내게 보낸 바 있는 자신의 시에 관한 것이다. 그가 내게 한 말은, 지나치게 겸손한 표현들이지만 그래도 그가 어떤 예술가인지를 우리에게 말해준다.

이 시들은 보시다시피 별로 대단한 것이 못 됩니다. 내 친구들이 나에 대하여 좋게든 나쁘게든 올바르게 생각할 수 있도록 하기 위하여 내가 가끔 정직해지고 싶어 그렇게 하듯이 이 시편들을 당신에게 보여드리는 것입니다. 나는 자주 자신에게 내가 시인이 못 된다는 사실을 증명하기 위하여, 혹은 나 자신의 내면에서 저 엄청난 말들의 위용을 말살하기 위하여 시를 훈련하고 있는 것은 아닌지 자문해보곤 했습니다. 우리를 우리 자신과 혹은 신과 갈라놓은 말들을 따돌리기 위하여, 속여 넘기기 위하여……. 어쩌면 언어는 우리에게 사물들을 가시적으로 드러내주기보다는 눈에 보이지 않도록 감추는 것이니 말입니다. 나는 가끔 나의 내심 깊은 열정 바로 그것인 시에 대하여 혐오를 느낄 때가 있습니다. 내가 다른 것에 가장 가까이 있음을 느끼는 때는 바로 그런 순간들입니다.

오늘, 모든 열정으로부터 자유로워지고 시로부터도 해방된 레노는 바로 그 다른 것에 속해 있을 뿐이다. 그렇게 말하면서 그는 그 다른 것이 내게는 아무런 의미도 없다는 것을, 내가 그와 만날 수 없는 단

하나의 장소가 그의 확신이라는 사실을 잘 알고 있었다. 그러나 그는 나의 다른 점을 좋아했고 나 역시 그의 다른 점을 좋아했다. 그가 느끼고 있었던 그 부름의 진실이 어떤 것이건 간에 그의 마음을 찢어놓고 있던 그 고통, 그가 그리도 단순하게 내게 말해주었던 그 고통만으로도 그 자신 시인이라는 확신을 갖지 못하는 것은 잘못임을 충분히 알 수 있다. 우리는 오직 사람들이 지금부터 읽게 되는 시편들 속에서 그가 시인이었음을 알아차리게 되기를 바랄 뿐이다. 사실 이미 어떤 아름다운 우정의 절규를 통해서 그가 우리의 이런 시도에 정당성을 부여해준 바 있다. "살아 있는, 아니 나는 살아 있는 것이 아니다, 그대의 품속에서라면 몰라도." 우리는 바로 우정의 의무를 실천하고 있는 것이다. 힘이 닿는 한 그 생명을 연장하는 것이 바로 우정의 의무이니까.

한 번도 빈틈을 보인 적이 없는 그 영혼의 드높은 기품을 상상하도록 해줄 만한 것으로 그 밖에 더 할 말은 없다. 레노의 뜻을 훼손할까 봐 두려울 뿐이다. 그러나 감히 그의 편지 한 구절을 풀어서 말하건대 나는 가끔 내 마음속에서 그가 남겨놓은 하나의 영상에, 혹은 그의 이름과 얼굴을 가진 어떤 덕목을 향해 물어보곤 한다. 진실은 증인들을 필요로 한다. 레노는 그 증인들 중 한 사람이었다. 그렇기 때문에 오늘 내게는 그가 아쉬운 것이다. 그와 함께 있으면 내 눈이 더 밝아지곤 했다. 그래서 위안을 주는 책들에 쓰여 있는 말과는 달리 그의 죽음은 나를 더 나은 사람으로 만들어주는 대신 나의 반항을 더욱 맹목적인 것이 되게 했다. 내가 그를 위하여 가장 고귀하게 할 수 있는 말이 있다면 그것은 그가 나의 이러한 반항에 동조하지 않았으리라는 것이다. 그러나 인간들의 친구들을 죽이면서 인간들에게 좋은 일을 할 수는 없다는 것을 이제는 알겠다. 이 끔찍한 죽음을 대체 누가 정당화할 수 있겠는가? 레노의 그 무엇과도 바꿀 수 없는 몫에 비긴다면 의무니 덕성이니 명예니 하는 것이 대체 무엇이란 말인가? 그렇다, 그런 것들이 겨우 살아남은 자들의 한심한 알리바이 이외에 무엇이겠는가? 우리는 지금부터 3년 전 한 인간을 애석하게 잃어버렸고 그 후부터 그 때문에 가슴이 미치도록 조여드는 것을 느끼고 있다. 이것이 내가 할 수 있는 말의 전부다. 그를 사랑했던 우리에게, 그리고 그를 알지는 못했지만 그를 사랑할 자격이 있었을 모든 사람들에게 그것은 여운 없는 상실이다.

1947년, 알베르 카뮈

카뮈 연보

카뮈의 작품세계를 이해하기 위해서는, 그의 삶의 중요한 이정(里程)과 함께 정치적 사건 그리고 문화적 상황을 총람해보아야만 한다. 그는 이러한 여건들과 맞부딪치면서 자신을 규정해나갔기 때문이다. 이러한 연보는 딱딱해 보일 수밖에 없지만 반면 사실의 왜곡이나 과장 같은 것은 전혀 없다.

■ 1913년 11월 7일 : 알제리의 몽도비에서 알베르 카뮈 출생.

　부친 뤼시앵 카뮈는 19세기 말엽에 알제리로 이주한 보르도 지방 출신으로 포도농장의 저장창고 노동자였다. 모친 카트린 생테스(후에 카뮈의 딸 이름이 카트린으로 지어지고,《이방인》에는 뫼르소의 친구로 생테스가 등장)는 스페인의 마요르카 섬 출신으로 9남매 중 둘째였다. 알베르 카뮈 위로 형 뤼시앵이 있었다.

＊ 이 연보는 플레이아드판《카뮈 전집》제1권 권두에 로제 키요가 작성, 수록한 것이다.

■ 1914년 8월 2일 : 1차 세계대전.

"나는 내 또래의 모든 사람들과 함께 1차 세계대전의 북소리를 들으며 자랐고, 우리의 역사는 그때 이후 끊임없이 살인, 부정, 혹은 폭력의 연속이었다."(《여름》 중 〈수수께끼〉)

그의 부친은 보병연대에 징집되어 마른 전투에서 부상당하고 브르타뉴의 생 브리외 병원에서 사망했으며, 생 브리외 공동묘지에 매장되었다.

그의 모친은 알제로 돌아와 벨쿠르라는 서민 지역(리용 가 93번지)에 정착했다. 카뮈는 방 두 개짜리 아파트에서, 처음에는 화약제조공장에서 일하다가 후에는 가정부 일을 하게 되는 어머니——거의 말을 안 하고 지내 벙어리가 되다시피 한(《안과 겉》 중 〈긍정과 부정의 사이〉),——자못 권위적이고 희극적인 할머니 카트린 카르도나(《안과 겉》 중 〈아이러니〉), 통 수리공인 불구의 삼촌 에티엔(《적지와 왕국》 중 〈말없는 사람들〉에서 기억되는), 그리고 형 뤼시앵과 함께 가난하게 살았다.

"나는 (……) 마르크스를 통해 자유를 배운 것이 아니다. 가난을 겪으면서 자유를 배웠다는 것이 옳을 것이다."(《시사평론 I》)

■ 1918~1923년 : 초등학교 재학 시, 교사 루이 제르맹한테서 각별한 총애를 받는다. 그는 수업 종료 후에도 카뮈를 지도해주었고, 중고등학교 장학생 선발시험에 카뮈를 추천해 응시하도록 했다. 후에 카뮈는 노벨상 수상 연설집 《스웨덴 연설》을 그에게 헌정한다.

■ 1923~1930년 : 알제 고등학교에서 장학생으로 수학.

■ 1926년 : 지드의 《사전꾼들》, 말로의 《서양의 유혹》.

■ 1928년 : 말로의《정복자》.

■ 1928~1930년 : 알제 대학 축구 팀의 골키퍼.

"내가 내 축구팀을 그렇게도 사랑한 것은 결국, 열심히 뛰고 난 후에 뒤따르는 나른한 피곤함과 더불어 느껴지는 저 기막힌 승리의 기쁨 때문이었고, 또한 패배한 날 저녁이면 맛보게 되는 울음이 터져 나올 것만 같은 그 어리석은 충동 때문이었다."(《알제 대학 주보》)

■ 1929~1930년 :

"처음으로 지드를 읽게 된 것은 열여섯 살 때였다. 내 교육의 일부를 책임지고 있던 삼촌이 때때로 나에게 책을 주곤 했다. 삼촌은 푸줏간 주인이었는데 장사가 아주 잘 되었지만 그의 진정한 관심거리는 독서와 사상에 관한 것뿐이었다. 그는 아침 나절에만 장사에 몰두하고, 나머지 시간에는 서재에서 책을 읽거나 동네 카페에 나가 이야기와 토론을 하곤 했다.

어느 날 그는 나에게 양피 커버로 된 조그만 책 한 권을 빌려주면서 '너의 관심을 끌 책'이라고 다짐하는 것이었다. 그 즈음 나는 아무것이나 닥치는 대로 읽어대던 중이라,《여인들의 편지》(마르셀 프레보의 작품 —옮긴이주) 읽기를 끝낸 후에, 삼촌이 건네준《지상의 양식》을 펼쳐 보았다.

이 책의 기도하는 듯한 문장들은 나에게 모호하게 느껴졌다. 자연이 주는 재화들에 대한 찬미의 노래를 읽으며 나는 어리둥절했다. 나는 열여섯 살 때 알제에서 이와 같은 종류의 풍요함을 벌써 실컷 맛보았기 때문이었다. 아마도 나는 다른 종류의 풍요함을 희구하고 있었던 것 같다. (……) 나는 그 책을 삼촌에게 돌려주면서 아닌 게 아니라 그 책이 재미있었다고 말했다. 그러고 나서 해변가를 거닐거나 느긋하게 공부하거나 또는 한가하게 독서하면서 고달프기만한 내 삶을 살아가야만 했다. 이리하여 진정한 만남은 이루어지지 않았다."(〈지드에게 보내는 경의〉)

■ 1930년 : 말로의 《왕도(王道)》.

문과반에서 스승 장 그르니에와 처음으로 만남.(장 그르니에의 《알베르 카뮈》, 제1장 참조)

폐결핵 첫 발병. 요양에 부적당한 집을 떠나, 우선 무정부주의자이며 볼테르 숭배자인 푸줏간 주인 귀스타브 아코 삼촌 집에 기거하게 된다. 기흉(氣胸) 때문에 입원했다가 후에는 독립생활을 하며, 혼자서, 혹은 여럿이서 함께 알제의 이곳저곳으로 옮겨가며 생활하게 된다.

■ 1932년 : 문과 학업 계속. 학창시절 친구로 클로드 드 프레맹빌과 앙드레 벨라미슈와 사귀며, 후자에게 카뮈는 나중에 로르카(스페인 시인, 극작가―옮긴이주) 번역을 맡기게 된다. 폴 마티외 교수와 장 그르니에 교수와도 친분을 나누는데, 특히 철학자이며 문필가인 후자와의 친분은 오래도록 변함없이 계속된다.

카뮈는 후에 그르니에 교수에게 《안과 겉》과 《반항하는 인간》을 헌정하고, 은사의 저서 《섬》의 서문을 쓴다.

"장 그르니에 교수를 만났다. 그 역시 나에게 책 한 권을 읽어보라고 내밀었다. '고통 *La Douleur*'이라는 제목의 앙드레 드 리쇼의 소설이었다. 처음 들어보는 사람이었다. 그러나 나는 그 훌륭한 책을 결코 잊을 수가 없다. 그 책은 내가 경험해서 아는 것들, 즉 어머니라든가 가난이라든가 아름다운 저녁 하늘이라든가 하는 것에 대해서 처음으로 나에게 이야기해준 책이다. 습관대로 하룻밤새에 그 책을 다 읽어 치웠다. 다음날 잠에서 깨었을 때, 낯설고 새로운 자유를 가슴에 안고 나는 머뭇거리며 미지의 영역으로 나아가기 시작했다. 책에서 얻어지는 것이 망각과 심심파적만이 아니라는 교훈을 터득한 것이었다. 나의 집요한 침묵, 지독하지만 정체를 알 수 없는 이 고통, 그리고 기묘한 이 세상, 내 가족들의 고결성과 가난, 나만이 알고 있는 비밀 등, 이 모든 것이 이야기될 수 있는 것이었다.《고통》이라는 책에서 나는, 지드가 장차 나를 유인하여 끌어들이게 될 창작의 세계가 어떠한 것인지를 막연하게나마 우선 엿볼 수 있었다."(〈지드에게 보내는 경의〉)

■ 1931~1932년 : 후일에 건축가가 될 미켈, 나중에 조각가가 될 베니스티, 작가요 비평가인 막스 폴 푸셰 등과 교우.

■ 1932년 : 잡지《쉬드》에 네 편의 글을 발표.

■ 1933년 1월 30일 : 히틀러 권력 장악.

카뮈는 앙리 바르뷔스와 로맹 롤랑에 의해 주도된 암스테르담-플레이엘 반파쇼 운동에 가입, 투쟁한다.

말로의《인간 조건》, 프루스트 작품 탐독.(《반항하는 인간》중 〈소설과 반항〉 참조)

장 그르니에의《섬》. 짧은 에세이들로 구성된 이 책은, 실존의 문제들을 다루면서 아이로니컬하고 시적인 문체로 강한 회의주의를 표명함으로써, 카뮈로 하여금 그르니에를 사상적 스승으로 여겨 언제나 그의 영향을 입은 바를 잊지 못하게 했을 뿐만 아니라,《안과 겉》과《결혼》에 깊은 영향을 미쳤다.

■ 1934년 6월 : 시몬 이에와 첫 결혼, 그러나 2년 후에 이혼. 발레아

르로 여행.(《안과 겉》 중 〈삶에의 사랑〉 참조)

■ 1934년 말 : 장 그르니에의 권유로(8월 21일자 편지 참조) 공산당에 가입. 회교도 계층에서의 선전 임무를 부여받는다. 카뮈는 1935년 5월 라발(프랑스 정치가—옮긴이주)의 모스크바 방문 때문에 공산당의 친회교도 운동이 부진해지자마자 공산당에서 탈퇴했다고 주장했다. 내면적인 갈등이 있었다는 것이 분명하며 《작가수첩》이 그것을 증명해주고 있다. 그러나 카뮈의 친구들은 그가 1937년까지 공산당원증을 갖고 다녔다고 말한다. 사실 공산당이 장악하고 있던 문화원 책임을 그가 맡고 있었다는 사실을 달리 설명할 수는 없겠다. 그 친구들의 말에 따르면 카뮈와 공산당 간의 결별——카뮈의 제명——은 공산당과 알제리 인민당 간의 불화 직후였다는 것이다. 인민당은 당시 메살리 하지가 주도했고, 그는 공산당원들을 자신들을 억압하는 탄압 선동자들이라고 비난하고 있었다.

또 다른 몇몇 글들은, 카뮈가 프리메이슨 비밀결사에 가담했다고 말하고 있으나, 이러한 주장들은 현재까지 아무런 입증 자료를 제시하지 못하고 있다. 아마도 그의 삼촌 아코가 프리메이슨 단원이라는 소문에서 연유된 혼동으로 여겨진다.

■ 1935년 : 말로의 《모멸의 시대》.

《안과 겉》 집필 시작.

"나로서는, 나의 원천이 《안과 겉》 속에, 내가 오랫동안 몸담아 살아온 그 가난과 빛의 세계 속에 있다는 것을 알고 있다. 그 세계의 추억이 지금도, 모든 예술가들을 위협하는 두 가지 상반되는 위험, 즉 원한과 만족으로부터 나를 지켜주고 있는 것이다. (……) 그러나 인생 자체에 관해서는 지금도《안과 겉》에서 서툴게 말한 것보다 더 많이 알지는 못한다."

이 시기에 카뮈는 그에게 지급된 대여 장학금으로 알제 대학에서 철학 공부를 계속한다. 그러나 또한 생계 수단으로 여러 가지 일을 해야만 했다. 이 해에 그는 정기적으로 대학 관상대에 나가 일하면서 남부 지방의 기압에 관한 보고서를 제출하곤 했다. 또 그는 자동차 부속품을 팔거나, 선박 중개회사에 취업하기도 했고(뫼르소처럼), 시청 직원으로 일하기도 했다(그랑은 시청 직원으로《페스트》에 등장한다).

■ 1936년 : 플로티노스와 성 아우구스티누스를 통한 헬레니즘과 기독교의 관계를 주제로 한 철학 졸업논문(D. E. S.) 제출. 제목은 〈기독교적 형이상학과 신플라톤 철학〉.

에픽테토스, 파스칼, 키르케고르, 말로, 지드 등의 작품 탐독.

3월 7일 : 독일군이 레난 지방을 재점령.

5월 : 프랑스에서 인민전선 득세.

6월~7월 : 중앙 유럽 여행(《작가수첩 I》과《안과 겉》중 〈영혼 속의 죽음〉 참조). 그곳에서 첫 결혼이 파경에 이른다.

7월 17일 : 스페인 내란.

1935년에서 1936년에 이르는 기간 동안, 카뮈는 몇몇 친구들과 함께 문화원의 책임을 맡았고 '노동극장'을 창단했다.

이 극단을 위하여 세 명의 동료와 함께《아스튀리의 반란》을 집필했으나 상연이 금지되었고, 이것은 후에 샤를로 출판사에서 출판된다. 가브리엘 오디지오와 샤를로를 중심으로, '참다운 풍요'라는 기치 아래 지중해 문학운동이 전개된다.

■ 1936~1937년 : 알제 라디오 방송극단의 배우로서 한 달에 보름씩 방방곡곡을 순회하며 공연.

■ 1937년 2월 : 문화원에서 새로운 지중해 문화에 관해 강연.

5월 : 건강상의 이유로 철학교수 자격시험 응시를 거부당한다.

5월 10일 :《안과 겉》출간.

8월~9월 : 말로에 관한 평론 계획. 요양을 위해 앙브룅에 체류. 이어 마르세유, 제노바, 피사를 거쳐 피렌체 여행.(《결혼》중 〈사막〉 참조) 명증하고 고뇌에 찬 열정의 시기로서《결혼》이 그 결실.

미발표의 소설《행복한 죽음》집필.

시디 벨 아베스 중학교 교사직을 타성과 침체를 우려하여 거절.

10월~12월 : 소렐, 니체, 슈펭글러(《서양의 몰락》) 등을 탐독.

'노동극장'이 해체되고 '협력극장'에 흡수.

알제리를 떠나 프랑스로 건너갈 것을 계획(오디지오에게 보낸 편지).

■ 1938년 : 파스칼 피아(후에《시지프 신화》를 그에게 헌정)가 주도하는《알제 레퓌블리캥》신문의 기자로 취직. 잡보 기사로부터 사설에 이르기까지, 그리고 의회 기사와 문학란에 이르기까지 여러 가지 일을 담당했으며, 특히 알제리의 정치적 문제점들을 낱낱이 파헤치기도 했다.

말로의《희망》, 사르트르의《구토》. 이미 이때부터 사르트르의 이 책을 면밀히 읽은 카뮈는 사르트르의 미학에 반대 입장을 취하고, 사르트르가 실존의 비극성을 창출해내기 위해 인간의 추한 모습을 지나치게 강조한다고 비판한다. "사르트르의 주인공은 위대함을 딛고 근원적인 절망에서 일어서려고는 하지 않고 인간의 그 혐오스러운 면만을 강조하면서 자신의 고뇌가 지닌 참된 의미를 보여주지 않고 있는

것 같다."(《알제 레퓌블리캥》1938년 10월 20일자)

《칼리굴라》집필. 부조리에 관한 시론(試論)을 구상하며《이방인》집필에 도움이 될 자료 수집. 니체의《인간적인, 너무나 인간적인》,《신들의 황혼》, 그리고 키르케고르의《절망론》(흔히《죽음에 이르는 병》으로 번역—옮긴이주)을 탐독.

9월 30일 : 뮌헨 협정.

■ 1939년 3월 : 나치 정부, 체코슬로바키아를 완전히 합병.

에피쿠로스와 스토아 철학자들의 책을 탐독.

오디지오, 로블레스 등과 함께《리바주》라는 잡지 창간.

앙드레 말로와 상봉.

사르트르의《벽》. "위대한 작가는 그의 세계와 그의 주장을 항상 느끼게 해준다. 사르트르의 주장은 무(無)이며, 또한 명철성에 있다."(《알제 레퓌블리캥》1939년 3월 12일자)

5월 : 샤를로 출판사에서《결혼》출간.

6월 : 카빌리(알제리의 산악 지방—옮긴이주) 취재 여행. "세계에서 가장 아름다운 이 지방 경관 한복판의 그 비참함은 유례를 찾아볼 수 없을 만큼 처참하다."

국제적 긴장 고조로 그리스 여행 계획을 포기. "전쟁이 나던 해, 나는 율리시스의 순항 길을 다시 한번 더듬기 위하여 배를 타기로 되어 있었다. 그 시절에는 가난한 한 젊은이도 빛을 찾아서 바다를 건너질러 가는 화려한 계획을 세울 수 있었던 것이다."(《여름》중 〈명부(冥府)의 프로메테우스〉)

9월 3일 : 2차 세계대전.

"첫째 할 일은 절망하지 않는 일이다. 세계의 종말이 온다고 외치는 사람들의 말에 너무 귀를 기울이지 말자."(《여름》 중 〈편도나무들〉)

"가장 보잘것없는 임무를 가장 고귀하게 여기며 수행해나갈 것을 결심."(《작가수첩》)

연대의식 때문에 전쟁에 참여하려 했으나 건강 때문에 그의 소집이 연기된다. "자기 나라가 전쟁을 피할 수 있도록 투쟁하지 않으면 안된다. 그러나 전쟁이 터지면 자기 나라에 대하여 연대감을 가져야 한다."(《작가수첩》)

오랑 여행.(《여름》 중 〈미노타우로스 또는 오랑에서 잠시〉)

■ 1940년 :

《알제 레퓌블리캥》은 판매 보급상의 애로 때문에 《수아르 레퓌블리캥》에 합병된다(전자는 10월 28일에 폐간되고 후자는 9월 15일에 창간되었으니 몇 주일간은 두 신문이 공존하고 있었던 셈이다). 그 후 당국의 검열 요구에 불복, 1월 10일 폐간된다. 카뮈는 안정된 직장을 당국의 압력 때문에 박탈당할 것을 예측하고 알제리를 떠난다. 검열받는 신문에 더 이상 아무런 글도 쓰지 않을 결심을 하고서 파스칼 피아의 추천을 받아 《파리 수아르》에 순전히 사무적인 임무를 띤 편집 담당자로 입사한다. "《파리 수아르》에서 파리의 심장부와 그 경박하고 천한 정신을 느끼게 된다는 것."(《작가수첩》)

5월 : 《이방인》 탈고.

5월 10일 : 독일군 침입. 카뮈는 《파리 수아르》 편집진과 함께 클레르몽으로 피난하나 12월에 신문을 떠난다.

9월 : 《시지프 신화》 전반부 집필.

10월 : 임시로 리옹에 기거.

12월 3일 : 오랑 출신이며 수학교사인 프랑신 포르와 리옹에서 결혼.

■ 1941년 1월 : 오랑으로 돌아와 얼마 동안, 유대인 아이들이 많이 다니는 사립학교에서 강의.

2월 :《시지프 신화》탈고.

"악에 대항하는 인간의 투쟁에 관해서, 그리고 정의로운 인간으로 하여금 우선은 창조와 창조자에 대항하고 나아가서는 자기 동료와 자기 자신에게까지 대항하게 만드는 저 거역할 길 없는 논리에 관해서 인간이 상상해낼 수 있는 가장 충격적인 신화들 중의 하나인"《모비 딕》(〈허먼 멜빌 소개〉 참조)의 영향을 받아《페스트》를 준비.

톨스토이와 마르쿠스 아우렐리우스와 사드의 작품, 《군인의 위대성과 노예성》(프랑스 19세기 작가 비니의 작품—옮긴이주), 그리고 그가 13년 후 앙제 페스티벌 때 각색하게 될 피에르 드 라리베(프랑스 고전 극작가—옮긴이주)의《정령(精靈)》등을 탐독.

12월 19일 : 가브리엘 페리 처형(프랑스 공산당 중앙위원이었던 페리는 독일군 점령 당시 공산당 지하 비밀잡지의 간행을 주도했기 때문에 체포되어 총살형을 당했다—옮긴이주).

"……여러분은 내게 어떤 이유로 항독 지하운동에 참가했느냐고 묻는다. 그것은 나와 같은 사람들에게는 아무런 의미도 없는 질문이다. 집단 수용소의 입장에 동조할 수 없는 것은 예나 지금이나 마찬가지이다. 폭력 자체보다는 오히려 폭력으로 구성된 제도를 내가 더 혐오한다는 것을 그때 깨달았기 때문이다. 좀더 정확히 말하자면 내 속에 늘 막연히 자리잡고 있던 반항심이 절정에 달하게 된 그날을 나는 아주 생생하게 기억하고 있다. 리옹에서 신문을 통해 가브리엘 페리의 처형을 읽던 그날 아침 말이다."(《시사평론I》)

항독 지하운동 시절에 대해 카뮈는 별로 이야기를 하지 않고 있다. 아마도 향수와 수줍음 때문에 옛 전사(戰士)라는 것에 대하여 별로 얘기할 마음이 내키지 않았을 것이다. 그가 민족해방운동, 즉 '콩바Combat' 조직에 참여하게 된 것은, 파스칼 피아와 르네 레노의 중개에 의한 것으로 추측된다(카뮈는 후자에게 《독일 친구에게 보내는 편지》를 헌정하게 되고, 1947년에 간행된 레노의 《사후의 시편들》의 서문을 쓰게 된다). 이 조직에서 카뮈의 임무는 정보 활동과 지하 신문 발간에 관한 것이었다. 곧 이어 그는 클로드 부르데('콩바' 조직의 간부)와 사귀게 된다.

■ 1942년 : 1941~1942년 겨울에 재발한 폐결핵 각혈 때문에 샹봉 쉬르 리뇽에서 겨울이 끝날 무렵부터 이듬해 가을까지 요양.

11월 8일 : 북아프리카 지역에 영미 함대가 상륙(아이젠하워 장군 지휘 아래 오랑, 알제에 상륙—옮긴이주)하는 바람에 알제리행이 중단되자 카뮈는 샹봉 부근 르파늘리에의 외틀리 부인 집에 돌아와 기거. 독일 점령으로부터 해방될 때까지 아내와 헤어져 있게 된다. 통신 연락이 어렵고, 그가 기차 타기를 싫어해서, 양쪽 폐가 다 병들었음에도 불구하고 그는 이따금 생테티엔 시와 르파늘리에 사이의 60킬로미터에 이르는 해안을 자전거로 달리기도 했다.

이 시기에 그는 프랑시스 퐁주와 관계를 맺는다.(《《사물의 편에서》에 관한 편지》 참조)

■ 1942년 : 멜빌, 다니엘 디포, 세르반테스, 발자크, 마담 드 라파예

트, 키르케고르, 스피노자 등의 작품 탐독.

7월 : 《이방인》 출간.

■ 1943년 : 《시지프 신화》 출간. 비평계 일각에서 카뮈를 절망의 철학자로 규정, 선전.

《오해》초고 탈고.

《독일 친구에게 보내는 편지》제1신 발표.

몇 달 동안, 리옹 지방과 생테티엔 지역을 왕래하며 생활. "만약 지옥이란 게 존재한다면 그건 필시 모든 사람이 검은 옷을 입고 어슬렁거리는 그 잿빛의 끝없는 거리들과 닮은 것이리라."(르네 레노의 《사후의 시편들》서문)

"프랑스인 노동자들——함께 있으면 마음이 편안해지고, 그래서 알고 싶고 '살고' 싶어지는 유일한 사람들. 그들은 나와 같다."(《작가수첩》)

'의용병', '콩바', '해방' 등 항독 지하운동단체들이 통합될 당시 '콩바'의 지도자들은 파리에서 활동했으며, 당시 카뮈는 바노 가에 있는 앙드레 지드의 아파트에 기거하면서 갈리마르 출판사의 고문직을 맡게 된다. 이 무렵에 아라공과 두 번째로 만나게 된다.

■ 1944년 : 사르트르와 상봉. 그는 카뮈에게 《닫힌 방》의 연출을 부탁하나 계획은 성사되지 못함. 《오해》상연, 시덥지않은 반응.

"아니다. 나는 실존주의자가 아니다. 사르트르와 나는 우리 둘의 이름이 나란히 붙어 다니는 것을 보고 항상 이상하게 생각하고 있다. 심지어 우리는 어느 날 그만 성명을 발표하여, 우리가 서로 아무런 공통점을 갖고 있지 않을 뿐만 아니라, 어떠한 상호관계도 각기 부정하고 있다고 우리의 입장을 밝히려고 생각해보기도 했다. 그러나 결국 그것은 농담으로 그쳤다. 사르트르와 나는 우리가 서로 알기 전부터 제 나름대로의 저서들을 모두 발표했다. 우리가 서로 알게 된 것은 우리가 서로 다르다는 것을 확인하기 위해서였다. 사르트르는 실존주의자이며, 내가 발표한 유일한 사상적인 책《시지프 신화》는 소위 실존주의 철학자들을 반대하는 입장에서 씌어졌다."(1945년 11월 15일자 인터뷰)

《독일 친구에게 보내는 편지》제2신 발표.

8월 24일 : "파리의 모든 총알들이 8월 밤하늘을 수놓는다."(공개적으로 배포된《콩바》창간호)

파스칼 피아와 함께《콩바》편집, 운영.

■ 1945년 5월 8일 : 바노 가의 앙드레 지드에게서 휴전 소식을 전해들음. 세기에 가에 정착.(《적지와 왕국》중〈요나〉참조)

5월 16일 : 세티프(알제리의 도시─옮긴이주)에서의 학살과 탄압. 카뮈는 이를 조사하기 위하여 알제리를 여행한다.

"가난해진 민족을 위한 위대한 정치란 모범적인 정치를 수행하는 길밖에는 없다. 이 점에 대해 꼭 한마디 해두어야 할 것은 프랑스가 실제로 아랍 지역에 민주주의를 도입해야 한다는 점이다. 민주주의는 아랍 지역에 있어서 새로운 사상이다. 백만의 군대 그리고 수많은 유전 못지않게 민주주의는 값질 것이다."(1945년 12월 20일자 인터뷰)

8월 6일, 9일 : 일본의 히로시마와 나가사키에 원자탄 투하.

"기계 문명의 야만적 횡포가 극에 달했다. 멀지 않은 미래에, 집단자살이냐 아니면 자연과학적 성과의 현명한 사용이냐 하는 문제에 봉착하게 될 것이 분명하다."(《콩바》8월 8일자)

9월 5일 : 쌍둥이 자녀 장과 카트린 출생.

《칼리굴라》상연, 대성공.(제라르 필리프와 R. 켐프 각광)

《반항하는 인간》의 출발점이 되는《반항론》발표.

■ 1946년 : 연초에 미국 방문. 대학생들의 열렬한 환영. 하버드에서는 연극에 관해서, 뉴욕에서는 문명의 위기에 관해서 강연.《페스트》를 어렵게 탈고. 시몬 베유의 작품을 발굴, 갈리마르 출판사에서 미발표된 그의 저작들의 발행을 주도.

몇 달 동안《콩바》편집, 운영 포기. 1944년부터 1945년에 이르는 모리악과의 논쟁 때문에 카뮈는 폭력 문제에 대하여 체계적으로 사색, 정리. "우리는 지옥 속에서 지냈고 그후 다시는 밖으로 나오지 못했다! 6년이라는 긴 세월 동안 우리는 그 속에서 어떻게 해보려고 발버둥을 치고 있다."(《여름》)

르네 샤르와 깊은 친교.

10월 : 사르트르, 말로, 케스틀러, 스페르버 등과 정치문제 토론.

■ 1947년 : 마다가스카르의 반란. 카뮈는 집단 탄압을 맹렬히 규탄한다. "…… 문제가 사실로 나타났다. 사실은 명백하고 추하다. 우리가 독일 사람들이 저질렀다고 비난했던 짓을 이번에는 우리 자신이 저지르고 있으니까 말이다."(《콩바》)

공산당, 정부에서 이탈. '프랑스 국민연합(R. P. F.)' 출범. 재정적, 정치적 문제로 인해《콩바》편집진 분열. 올리비에, 피아, 레몽 아롱은 '프랑스 국민연합'에 가담하고, 장 텍시에는 사회주의 신문사로 옮겨간다. 카뮈는 사직하고 편집 운영을 클로드 부르데에게 넘겨준다.

'민주 혁명 연합'이 결성되었는데, 카뮈는 거기에 참여한 일은 한 번도 없었으나 그 노선에는 대체로 공감했다.

6월 : 《페스트》 출간. 즉각적인 대선풍. 수많은 비평가들이 카뮈를 덕망 있는 '무신론적 성자'로 찬양, 선전.

■ 1947~1948년 : 1947년 여름과 1948년 여름을, 1946년에 며칠 지낸 적이 있었던 루르마랭 부근에서 보낸다.

아마도 1947년에 벌어진 정치 논쟁 때문에 카뮈와 메를로 퐁티 간의 친분관계가 단절된 것 같다.

■ 1948년 2월 : 프라하의 군사 혁명. 알제리 여행.(《여름》)

6월 : 티토, 공산당 정보국Kominform에서 추방.

아그리파 도비녜의 작품 탐독. 후에 이 사람의 작품 권두에 일종의 서문을 쓴다.

10월 27일 : 장 루이 바로와 함께 쓴 《계엄령》 상연, 실패.

■ 1949년 3월 : 사형선고를 받은 그리스 공산당원들을 위한 구명 호소. 1950년 12월에 또 다른 사형수들을 위한 구명 호소.

6월~8월 : 남미 여행.(《여름》 중 〈가장 가까운 바다〉와 《적지와 왕국》 중 〈자라나는 돌〉 참조)

이 여행으로 말미암아 이미 허약해진 카뮈의 건강이 더욱 악화되어, 앞으로 2년 동안 《반항하는 인간》 집필을 계속하는 것 이외에 아무 일도 못하게 된다. 하는 수 없이 한가해진 이 기간을 이용, 자기의 작품 세계 전반에 대해 반성한다.

12월 15일 : 《정의의 사람들》(세르주 레지아니, 마리아 카자레스 출연) 첫 상연을 관람하기 위해 기동, 성공.

■ 1950년 : 《시사평론》 제1권 간행.

그리스 근교의 카브리에서 얼마간 휴양. 보주 산악지방에서 여름을 보낸다. 마담 가 29번지 아파트에 입주.

■ 1951년 10월 : 《반항하는 인간》이 출간되자 곧 이어 벌어진 논쟁이 1년 이상 계속된다.

■ 1952년 : 알제리 여행.(《여름》 중 〈티파사에 돌아오다〉 참조)

8월 : 사르트르와 결별.(《현대》지)

11월 : 레카미에 극장 운영 신청. 프랑코 장군 영도하의 스페인이 국가로 인정받자 유네스코에서 탈퇴.

소설 《최초의 인간》과 《적지와 왕국》을 구성할 중편들, 그리고 희곡 《동 쥐앙》과 《악령》 각색 등을 구상.

■ 1953년 6월 7일 : 동베를린 폭동.

"세계의 어느 구석에서, 한 노동자가 탱크 앞에서 맨주먹으로 자기는 노예가 아니라고 외치며 대항할 때, 우리가 무관심하다면 도대체 우리는 무엇이란 말입니까?"(신용조합에서의 연설)

《시사평론》 제2권 출간.

6월 : 앙제 연극 축제에서 연출가 마르셀 에랑이 병으로 못 나오자 카뮈는 그를 대신하여 자신이 각색한 《십자가에의 예배》와 《정령》을 직접 연출.

■ 1954년 : (7명의 튀니지 사형수 구명 운동을 제외하고는) 모든 정치적, 문학적 활동을 중단하고 1년 내내 아무 글도 쓰지 않는다. "내가 각색하고 있는 《악령》이 지금 엉망이 되어 있습니다. 하기야 다른 것들도 마찬가지입니다. 언제 다시 글을 쓰게 될지 나도 잘 모르겠습니다."(질리베르에게 보낸 편지)

1939년에서 1953년까지 쓴 글들을 모은 《여름》 출간.

11월 : 이탈리아 여행.

■ 1955년 3월 : 디노 부차티(20세기 이탈리아 소설가—옮긴이주)의 《흥미 있는 경우》 각색.

5월 : 그리스 여행을 하며, 《계엄령》을 야외 극장에서 다시 상연할 것을 구상하고 연극에 관해 강연.

6월 : 기자 활동을 재개하여 《엑스프레스》에 기고하고, 특히 알제리 문제를 다룬다.

■ 1956년 : 알제 여행.

1월 23일 : 카뮈는 휴전을 호소하나, 그의 동향인들에게서 매우 모욕적인 대접을 받는다. "알제리에서 아주 낙담하여 돌아왔습니다. 그곳에서 벌어진 일들은 오히려 그 신념을 굳게 해주는 것들이었습니다. 나에게는 개인적인 불행이었겠지만 참을 도리밖에는 없지요. 모든 것이 다 타협될 수는 없는 노릇 아닙니까."(질리베르에게 보낸 편지)

2월 : 《엑스프레스》에의 기고 중단, 드 메종쇨(5월 28일)과 체포된 수많은 알제리 민족주의자들과 자유주의자들을 위한 구명 운동에 참여.

9월 20일 : 자신이 각색한 포크너의 《어떤 수녀를 위한 진혼곡》 상연(카트린 셀레르 출연), 성공.

부다페스트 봉기. 탄압 반대 회합에 참여.

수에즈 운하에서 불·영 군사 작전.

《전락》 출간.

《여름》의 속편으로 《축제》 집필 구상.

■ 1957년 3월 : 《적지와 왕국》 출간.

6월 : 앙제 연극 축제. 로페 데 베가의 《올메도의 기사(騎士)》 각색, 《칼리굴라》 재상연. 케스틀러, 장 블로크 미셸과 공동으로 저술한 《사형에 관한 성찰》에 〈단두대에 대한 성찰〉을 게재.

10월 17일 : 노벨 문학상 수상. 프랑스인으로 아홉 번째이며 최연소.

■ 1958년 2월 : 《스웨덴 연설》 출간.

3월 : 새 서문(1958년 집필)을 추가한 《안과 겉》 개정판 출간.

6월 : 알제리 연대기인 《시사평론》 제3권 출간. 이 저서를 통하여 카뮈는, 알제리의 갈등과 해결책 강구를 위한 면밀한 분석의 필요성을 제창했으나, 유명 신문들은 아무런 논평도 가하지 않고 무시한다.

이해와 다음 해에도 카뮈의 건강은 쇠약.

6월 9일 : 그리스 여행.

11월 : 루르마랭에 주택 구입.

■ 1959년 1월 30일 : 도스토예프스키의 《악령》을 각색하고, 자신의 연출로 상연. 문화부장관 말로가 카뮈에게 테아트르 프랑세의 운영을 맡아달라고 제의. 그러나 카뮈는 '완전히 새로 시작'하고자 한다.

거의 1년 내내, 카뮈는 많은 일을 아주 고통스럽게 해냈다. 그러나 11월에 들어 루르마랭 집에서 자기의 집필 원동력을 다시 되찾기라도 한 듯이 힘들이지 않고 《최초의 인간》의 일부를 써내려갔다.

■ 1960년 1월 4일 : 미셸 갈리마르(갈리마르 출판사 사장의 조카—옮긴이주)의 승용차에 동승한 카뮈, 몽트로 근교 빌블르뱅에서 교통사고로 즉사.

옮긴이 김화영

1974년 프랑스 프로방스 대학교에서 알베르 카뮈 연구로 문학박사 학위를 받았고, 현재 고려대학교
불어불문학과 명예 교수로 있다. 《문학 상상력의 연구 -- 알베르 카뮈론》, 《행복의 충격》, 《공간에
관한 노트》, 《소설의 꽃과 뿌리》, 《바람을 담은 집》 등 다수의 저서와 80여 권의 역서를 발표했으며,
문학평론가로도 활동하고 있다.

단두대에 대한 성찰 · 독일 친구에게 보내는 편지

초판 1쇄 발행 2004년 11월 30일
초판 5쇄 발행 2025년 5월 25일

지은이 알베르 카뮈
옮긴이 김화영

펴낸이 김준성
펴낸곳 책세상
등록 1975년 5월 21일 제2017-000226호
주소 서울시 마포구 월드컵로23길 38, 2층(04011)
전화 02-704-1250(영업) 02-3273-1334(편집)
팩스 02-719-1258
이메일 editor@chaeksesang.com
광고·제휴 문의 creator@chaeksesang.com
홈페이지 chaeksesang.com
페이스북 /chaeksesang 트위터 @chaeksesang
인스타그램 @chaeksesang 네이버포스트 bkworldpub

ISBN 978-89-7013-475-8 04860
       978-89-7013-108-5 (세트)